Mar de mañana

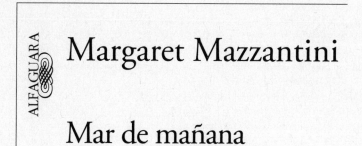

Margaret Mazzantini

Mar de mañana

Traducción de Carlos Gumpert

ALFAGUARA

Título original: Mare al mattino
© 2011, Margaret Mazzantini
Publicado originalmente en italiano
por Giulio Einaudi editore s.p.a., Turín
© De la traducción: Carlos Gumpert
© De esta edición:
   Santillana Ediciones Generales, S. A. de C. V.
   Av. Río Mixcoac 274, Col. Acacias,
   México, D. F., C. P. 03240, México.
   Teléfono 5420 7530
   www.alfaguara.com/mx

© Diseño: Proyecto de Enric Satué

Primera edición: abril de 2013
ISBN: 978-607-11-2684-9

Impreso en México

PRISA EDICIONES

A ti, con Dhaki
*en el coche pequeño**

---

* La expresión «coche pequeño» aparece en español en el original. *(N. del T.)*

Farid y la gacela

Farid nunca ha visto el mar, nunca ha entrado en él.

Se lo ha imaginado muchas veces. Punteado de estrellas como la capa de un pachá. Tan azul como el muro azul de la ciudad muerta.

Ha buscado conchas fósiles enterradas hace millones de años, cuando el mar penetraba en el desierto. Ha perseguido los peces lagartija que nadan por debajo de la arena. Ha visto el lago salado y el lago amargo y los dromedarios color de plata avanzar como raídos barcos piratas. Vive en uno de los últimos oasis del Sáhara.

Sus antepasados pertenecían a una tribu de beduinos nómadas. Se detenían en los *uadi,* los lechos de los ríos cubiertos de vegetación, para montar allí sus tiendas. Las cabras pastaban, las mujeres cocinaban sobre las piedras ardientes. Jamás abandonaron el desierto. Sentían cierta desconfianza hacia la gente de la costa, mercaderes, corsarios. El desierto era su casa, abierta, ilimitada. Su mar de arena. Jaspeado por las dunas como la piel de un jaguar. No poseían nada. Tan solo huellas de pasos que la arena volvía a tapar. El sol movía las sombras. Estaban acostumbrados a resistir la sed, a desecarse como dátiles, sin morir. Un dromedario les abría camino, una larga sombra retorcida. Desaparecían en las dunas.

Somos invisibles para el mundo, pero no para Dios.

Se desplazaban con este pensamiento en el corazón.

En invierno, el viento del norte que atravesaba el océano de rocas volvía rígidos los barraganes de lana sobre los cuerpos, la piel se aferraba a los huesos, desangrada como la de cabra en los tambores. Antiguos maleficios caían del cielo. Las fallas de arena eran cuchillos, tocar el desierto significaba herirse.

Los viejos eran enterrados allí donde morían. Abandonados al silencio de la arena. Los beduinos volvían a ponerse en marcha, flecos de tela blancos e índigos.

En primavera nacían nuevas dunas, rosadas y pálidas. Vírgenes de arena.

El siroco ardiente se acercaba junto con el gemido ronco de un chacal. Pequeños bucles de viento cual espíritus en viaje pellizcaban la arena aquí y allá. Después, ráfagas rasantes, tan afiladas como cimitarras. Un ejército resucitado. En un instante, el desierto se elevaba y devoraba el cielo. Y ya no había fronteras con el más allá. Los beduinos se plegaban bajo el peso de la tormenta gris, se protegían contra los cuerpos de los animales puestos de rodillas, como bajo la costra de una antigua condena.

Más tarde se detuvieron. Construyeron una muralla de greda, y un pastizal cerrado. Había surcos de ruedas sobre la arena.

De vez en cuando, una caravana pasaba por aquellos lugares. Se hallaban en la ruta de los mercaderes que desde el África negra cortaban el desierto hacia el mar. Transportaban marfil, resinas, piedras preciosas, hombres encadenados para ser vendidos como esclavos en los puertos de Cirenaica y de Tripolitania.

Los mercaderes hallaban descanso en el oasis, comían, bebían. Había nacido una ciudad. Muros de arcilla desecada parecidos a cuerdas entrelazadas, techos de palmas. Las mujeres vivían en lo alto, separadas de los hombres, cruzaban los tejados descalzas. Caminaban hasta el pozo con ánforas de terracota sobre la cabeza. Mezclaban el cuscús con entrañas de oveja, la harina hervida. Rezaban sobre las tumbas de los morabitos. Al atardecer, bailaban sobre los tejados al ritmo del *ney,* moviendo sus vientres como serpientes somnolientas. Abajo, los hombres amasaban ladrillos, hacían trueques, jugaban a los dados persas fumando narguiles.

Ahora aquella ciudad ya no existe. Queda un dibujo, un santuario devorado por el viento de arena. A su lado ha surgido una ciudad nueva por voluntad del Coronel, realizada por arquitectos extranjeros del este. Construcciones de cemento, antenas.

Diseminadas a lo largo de las calles hay grandes efigies del *rais,* con ropajes de desierto, de musulmán, de oficial. Ciertas veces se muestra imperioso y serio, ciertas veces sonríe con los brazos abiertos.

La gente está sentada sobre bidones de gasolina vacíos, niños huesudos, viejos que chupan raíces para refrescarse la boca. Los cables de la luz cuelgan sueltos de un edificio a otro. El siroco ardiente arrastra bolsas de plástico y basuras abandonadas por los turistas del desierto.

No hay trabajo. Solo bebidas azucaradas y cabras. Dátiles que enlatar para la exportación.

Muchos jóvenes se marchan, van a las zonas petrolíferas, a los grandes bloques negros. Las llamas perennes del desierto.

No es una verdadera ciudad, es un conglomerado de vidas.

Farid vive en la zona antigua, en una de esas casas bajas en las que todas las puertas dan a un único patio, con un jardín silvestre y una verja siempre abierta. Va andando al colegio. Corre con sus piernas delgadas que siempre se le despellejan como cañas. Jamila, su madre, le envuelve algún tronquito de ajonjolí para la merienda.

A su regreso, juega junto a sus amigos con una carreta hecha de chapa con la que arrastran tarros, o a la pelota. Se revuelca como un gusano entre el polvo rojo. Roba plátanos pequeños y racimos de dátiles negros. Se encarama con una cuerda fina en lo más alto, en el corazón de esas plantas llenas de sombras.

Lleva un amuleto al cuello. Todos los niños lo llevan. Un pequeño saquito de cuero con algún abalorio, el mechón de algún animal.

Los miradas malas mirarán el amuleto y tú estarás a salvo, le ha explicado su madre.

Omar, su padre, es un técnico, instala antenas de televisión. Aguarda la señal. Sonríe a las mujeres que no quieren perderse el episodio de la telenovela egipcia y lo tratan como a un salvador de sueños. Jamila siente celos de esas estúpidas mujeres. Ella ha estudiado canto. Pero el marido no quiere que se exhiba en bodas o en fiestas públicas, ni mucho menos ante los turistas. De modo que Jamila solo canta para Farid, él es su único espectador en esas habitaciones de cortinas y alfombras, que huelen a artemisa y a hierbas aromáticas, bajo aquel techo ahuevado de cal.

Farid está enamorado de su madre, de sus brazos que abanican como hojas de palmera, de su aliento cuando entona uno de esos *maluf** repletos de amor y de lágrimas, y su corazón se le hincha tanto que debe sujetárselo con fuerza con

---

* Uno de los estilos más populares de la música norteafricana, de origen andalusí, basado en la repetición de series rítmicas. *(N. del T.)*

las dos manos para que no se le caiga al suelo, en la palangana de hierro del agua de lluvia, completamente oxidada y siempre seca.

Su madre es muy joven, parece una hermana. De vez en cuando juegan a que están casados, Farid le peina el pelo, le coloca el velo.

La frente de Jamila es una gran piedra redonda, sus ojos están ribeteados como los de las aves, sus labios parecen dos dátiles dulces y maduros.

Es un crepúsculo sin viento. El cielo es del color del melocotón.

Farid se sienta contra el muro de su jardín. Se mira los pies, los dedos mugrientos que le asoman de las sandalias.

Hay una estela de musgo joven que se enfila en una grieta, Farid acerca la nariz a aquel olor fresco. Solo entonces se percata de que un animal respira a su lado. Está tan cerca de él que no puede moverse, el corazón le palpita en los ojos.

Tiene miedo de que sea un *uaddan*, la oveja asno de grandes cuernos protagonista de tantas leyendas. Su abuelo le ha dicho que suele aparecer por el horizonte, entre las dunas, como un mal espejismo. Ya hace muchos años que nadie ha visto un *uaddan*, pero el abuelo Mussa jura que sigue escondido aún en el *uadi* negro de costras arenarias, donde no hay vida que resista, y que está muy enfadado por todos esos jeeps que estropean el desierto, que lo desplazan con sus ruedas.

Pero ese animal no tiene mechones blancos, ni cuernos de media luna, ni le rechinan los dientes. Tiene el pelaje del color de la arena y cuernos tan finos que parecen arbustos. Lo mira, tal vez tenga hambre.

Farid comprende que es una gacela. Una gacela joven. No huye. Sus ojos, muy abiertos y muy juntos, son límpidos y sosegados. Un escalofrío le sacude el pelaje. Tal vez esté temblando ella también. Pero ella también siente demasiada curiosidad ante aquel encuentro como para retroceder. Farid le acerca lentamente una rama, la gacela abre una boca de dientes planos y blancos, arranca algún pistacho fresco. Se va encogiendo poco a poco sobre sí misma, sin dejar de mirarlo. Luego, de golpe, se da la vuelta, salta el murete de barro y corre levantando la arena, hasta sobrepasar el horizonte de las dunas.

Al día siguiente, en el colegio, Farid llena páginas enteras de gacelas, las dibuja inclinadas, a lápiz, las colorea metiendo los dedos en las témperas al agua.

La televisión emite una y otra vez la película, producida por el *rais,* en la que Anthony Quinn interpreta al legendario Omar al-Mukhtar, el guerrillero beduino que luchó como un león contra los invasores italianos. Farid se siente orgulloso, el corazón le late en los huesos. Su padre se llama Omar, como el héroe del desierto.

Juega a la guerra con sus amigos, cerbatanas hechas de cañas que escupen pistachos, guijarros rojos que dejan las tormentas.

¡Estás muerto! ¡Estás muerto!

Discuten, porque ninguno de ellos tiene ganas de tirarse al suelo y que acabe el juego.

Farid sabe que en alguna parte ha estallado la guerra.

Sus padres susurran hasta altas horas de la noche y sus amigos dicen que han llegado armas de la frontera, han visto cómo las descargaban de los jeeps por las noches. Ellos también querrían tener un *kalashnikov,* un misil.

Disparan algunas bengalas junto al viejo mendigo sordo.

Farid salta, se divierte como un loco.

Hisham, el más joven de sus tíos, estudiante universitario en Bengasi, se ha unido al ejército de los rebeldes.

El abuelo Mussa, que guía a los turistas hasta la Montaña Maldita y sabe reconocer las huellas de las serpientes, y descifrar las pinturas rupestres, dice que Hisham es un idiota, que ha leído demasiados libros.

Dice que el *qa'id* ha empedrado Libia entera de asfalto y cemento, la ha llenado de tuaregs negros de Mali, ha grabado las palabras de ese ridículo libro verde suyo en cada muro, se ha reunido con autoridades financieras

y políticas por todo el mundo rodeado de mujeres guapas como un actor de vacaciones. Sin
embargo, es un beduino como ellos, un hombre del desierto. Ha defendido su raza, perse-
guida por la historia, expulsada hasta los márgenes de los oasis. Mejor él que los Hermanos
Musulmanes.

Hisham ha dicho *mejor la libertad.*

Omar sube al tejado, orienta la antena pa-
rabólica. Captan un canal no oscurecido por el
régimen. Las ciudades de la costa están en llamas. Ahora saben que el profeta del África Uni-
da dispara contra su Yamahiriya. Definitiva-
mente, está solo en el castillo del poder. Cuando
ve la ciudad de Misurata destruida, el abuelo
Mussa descuelga de la pared la estampa del
qa'id, la enrolla y la mete debajo de la cama.

Ha llegado el telegrama. Hisham ha perdido la vista. Una esquirla en la cara. No volverá
a leer libros con sus propios ojos. Todos lloran,
todos rezan. Hisham está en el hospital de Bengasi. Al menos está vivo, no metido en un saco
verde, como el hijo de Fátima.

Por la calle, la gente arranca de los muros las palabras del *rais,* los cubren de pintadas
que ensalzan la libertad y de viñetas satíricas
sobre la gran rata cubierto de medallas falsas.
La estatua que se yergue ante la medina ha sido
decapitada a pedradas.

Es de noche, solo brilla una pequeña luz desnuda que no deja de vibrar, como si tuviera tos. Omar vacía una bolsa del mercado sobre la mesa, dentro hay dinero. Los dinares de los ahorros de Omar, los euros y los dólares que el abuelo Mussa ha ganado con los turistas del desierto. Omar cuenta el dinero, luego quita una piedra y lo esconde en la pared. Habla con Jamila, estrecha sus manos con fuerza entre las suyas. Farid no duerme, observa en la oscuridad ese nudo de manos que tiemblan como un coco bajo la lluvia.

Omar dice que tienen que marcharse. Que deberían haberse ido hace mucho. En el desierto no hay futuro. Y ahora encima, la guerra. Tiene miedo por el niño.

Farid piensa que su padre se equivoca al tener miedo por él, él se siente listo para ir a la guerra, igual que su tío Hisham. Ha probado a taparse los ojos con las manos, para ver cómo se vive siendo ciego. Se da unos cuantos golpes, pero no importa.

Farid se sienta contra el muro de su jardín.

La gacela llega siempre sin ruido, un ligero salto y ahí está. Con sus ojos de bistre, sus pupilas de diamante, sus orejas más claras y tupidas dentro, sus pequeños cuernos de hueso retorcido. Ahora ya son amigos. Farid no ha hablado de esto con nadie. Pero siempre queda la sospecha de algún intruso. También él está aterrorizado de que puedan capturarla. Es joven e inexperta, corre un gran riesgo. Se acerca demasiado, entra en la zona habitada. Se aventura con algo de nerviosismo por debajo del pelaje, los músculos vibrantes. Lista para alejarse de un salto, para no quedarse quieta. Han de acostumbrarse a tener confianza de nuevo. Pertenecen al mismo desierto, aunque a razas diversas. Farid se aplasta contra el muro, espera a que la gacela respire por sus oscuras fosas nasales para respirar con ella. Mueve el hocico, quiere jugar. Cuando se sienta sobre las patas traseras parece su madre al atardecer. La misma postura regia.

Es una mañana de primavera. Omar está trabajando en el tejado. Une los cables eléctricos, espera la chispa. La señal de que la telenovela está garantizada. La corriente, en estos días, va y viene, a trompicones. Las mujeres no quieren pensar en la guerra, quieren llorar de amor. Quieren descubrir si el hombre bueno acabará por averiguar que el hijo es suyo, y si el hombre malo caerá por el acantilado con su coche negro.

Farid ha visto retroceder a Omar, buscar un agarradero en el vacío, caer, levantarse. Hay otros hombres subidos a los tejados, con ropas de camuflaje y cascos amarillos, igual que los obreros, pero están disparando. Apuntan hacia abajo, contra la gente del mercado que huye y grita. Son las tropas leales al régimen, muchos de ellos extranjeros, *murtaziqa,* mercenarios contratados de otras guerras subsaharianas. Mientras disparan, gritan como en las películas. Un miliciano semidesnudo se ha acurrucado para hacer sus necesidades. Tal vez haya bebido demasiado zumo de tamarindo, o tal vez tenga miedo. El caso es que dispara así, con los pantalones bajados.

Omar se ha quedado mirándolos. Ha intentado hablar, detenerlos. Le han puesto un fusil en la garganta, *o vienes a luchar con nosotros o eres hombre muerto.* Farid ha visto resbalar a su padre hacia el alero. Le faltaba un zapato, se veía uno de sus calcetines beis, esos que Jamila remendaba por la noche. Le han puesto una pistola en las manos. Omar ha disparado hacia arriba, contra el cielo, contra aves que no volaban. Luego ha dejado caer la pistola. El hombre sin pantalones ha empujado a su padre desde el tejado.

Farid ha visto las furgonetas con las ametralladoras, los lanzagranadas, las caras sucias y ofuscadas, las banderas verdes alrededor de las cabezas. Han matado incluso a los animales para infundir miedo.

La gacela, por suerte, ese día no estaba. Solo se acercaba en el silencio.

Jamila ha esperado a que se hiciera de noche. Esa noche que nunca ha sido tan oscura. El plenilunio iluminaba los cerros de arena y los palmerales, los edificios y las casas de arcilla con sus remates puntiagudos contra los maleficios. Ha escondido a Farid en la trampilla de la despensa, entre las hojas de té y la carne seca colgada. A su alrededor se sucedían los disparos, el resplandor de los incendios. El olor a gasolina quemada en la arena.

Ha arrastrado el cuerpo de su marido hasta el patio. Lo ha lavado con el agua del pozo.

Omar tiene largos los cabellos, mojados parecen racimos de uvas. Jamila le limpia las orejas, le agarra del pelo: *qué suerte tienes, amor mío, los ángeles no tardarán en recogerte, en llevarte hasta el cielo.* Es una antigua creencia del desierto, los muertos inocentes son arrastrados hasta el cielo de los cabellos.

En los jardines de al lado, otras mujeres rezan y lloran. Algunas familias han sido secuestradas, usadas como escudos humanos.

De madrugada, el cuerpo de Omar ya no está.

Jamila susurra a través de los muros de greda. Habla con sus antepasados, les pide un consejo para el viaje.

Farid ha salido de la trampilla. Siente aquel extraño olor. El de los ungüentos para los muertos, mira la tierra removida en el jardín. El columpio roto que a su padre no le ha dado tiempo a arreglar.

Recoge sus cosas, un cuaderno, el jersey rojo para el invierno.

Mira la fotografía de su abuelo con un turbante blanco sobre un dromedario delante del oasis, las gafas de ver y las sandalias de tiras en sus pies enjutos. Escribe el Corán sobre tablas, conoce los relatos antiguos y las grandes batallas, las de los romanos, las de los turcos. Le ha hablado de la Fortaleza Roja y de los piratas. Está cojo porque pisó una mina abandonada de la guerra contra Chad. De vez en cuando, se lo lleva con él al desierto. Farid ha visto los comedores de gusanos, las pinturas rupestres de elefantes y antílopes, de simples manos impresas. Una vez se perdieron. El abuelo Mussa decía que los auténticos beduinos mueren en el desierto, envueltos por un remolino de arena, que no puede esperarse nada mejor. Que Dios había hecho que se perdieran para conducirlos a su destino. *El desierto es como una hermosa mujer, no se revela nunca, aparece y desaparece. Tiene un rostro que cambia de forma y de color, volcánico o blanco de sal. Un horizonte invisible, que danza y se desplaza como sus dunas.*

Farid ha visto a Jamila retirar la piedra, sacar el dinero y atárselo con una venda alrededor del cuerpo. Ha oído el ruido de sus dientes al temblar.

Había preparado un pequeño equipaje dentro de una bolsa Adidas.

Por las celosías de madera Farid ha intentado ver a la gacela. Quería despedirse, sentir el olor de su respiración en el recinto de barro del jardín.

Se marcharon de madrugada. Jamila besa la losa de piedra de delante de la puerta. Farid ha pensado en el olor de ciertas tardes, cuando su madre se quitaba el velo y bailaba descalza, en sujetador. Su vientre pequeño, reluciente de aceite de argán, se movía como la tierra. Una costra sacudida por la vida. Era aquel el centro de la casa. La piedra de la salvación.

Jamila ha cogido la llave, la ha arrancado de la puerta, se la ha guardado. Corren entre las casas y los bloques de humo, se escabullen como ratones. La guerra está en la manzana de al lado, los proyectiles trazadores abrasan el cielo. La llave cae entre el polvo. La madre no se agacha a recogerla.

—No importa, Farid, no tenemos tiempo.

—¿Y cómo hará papá para entrar?

—Llamará a un herrero.

Jamila no le ha dicho que Omar es un ángel hundido en el desierto.

Farid mira a su alrededor. ¿Qué habrá sido de sus amigos, de la pista de coches de choque, bajo el toldo, del quiosco del hielo o del de las gafas de sol?

La puerta de la ciudad parece ahora una feria. Todos tienen ojos de animales. El sudor les cubre el pelo, la nariz. Todos gritan y buscan algo. Por detrás de la puerta está el desierto. Se colocan en columnas con los demás, gente con colchones enrollados a hombros, maletas que no consiguen cargar en los autobuses.

Muchos buscan la salvación en los campos de refugiados al otro lado de la frontera. Jamila sabe que ese es un trayecto peligroso, los milicianos del régimen controlan kilómetros de alambradas, disparan contra los fugitivos.

Ellos irán hacia el mar. Montados en un camión cargado de paquetes y negros apretujados como esclavos, que casi no se detiene a recogerlos. Jamila grita, lo persigue. Montan en marcha: primero Farid, como un mono, luego ella.

Farid ve un jeep con las ruedas en llamas arrollar a un viejo. Es la primera imagen del desierto.

No consigue mantener los ojos abiertos, su madre le ha puesto su velo en la cara para protegerlo de la arena. Las ruedas del camión se inclinan y se encaraman sobre las dunas.

Kilómetros de silencio, solo el ronco motor. Es una escena de guerra, de todas las guerras. La humanidad deportada como ganado. Sin parada para mear.

Todos tienen los ojos cerrados, las cabezas inclinadas, blancas de arena.

El horizonte es viscoso. El siroco sacude la superficie sucia de residuos. Chasis de vehículos quemados, basura que se agita.

El abuelo Mussa le decía que todo lo que se encuentra en el desierto pertenece al desierto y tiene sentido porque podrá ser reutilizado para otro objetivo, para otra vida.

De la arena asoman trapos de colores. Una camisa, un par de vaqueros que parecen vacíos, como ropas resecas tendidas por el suelo. Más adelante, un zapato.

Luego las cabezas devoradas por el calor, hundidas en la arena. El pelo y las mandíbulas. Las manos como algarrobas desecadas.

En el camión todos gritan, luego todos se callan. Jamila se asoma y vomita. Farid tiene el velo sobre los ojos, ve ese cementerio al aire libre a través de su pálido filtro.

Son todos negros. Que llevan ya meses muertos. Antes de la guerra. Sus ropas están intactas, ningún proyectil las ha traspasado.

Todos saben de qué se trata, son los prófugos de Mali, de Ghana, de Níger, abandonados en el desierto por los caravaneros, tras los acuerdos europeos del *rais* para bloquear los flujos migratorios de los desesperados.

Dios, en el desierto, es el agua y la sombra.

Hay una botella de plástico vacía junto a una mano descarnada. El último gesto antes de la muerte.

¿Dónde está Dios en ese desierto?

Jamila tiene sed. Sed. Rebusca en la bolsa, vierte el agua en la cabeza de su hijo, le arranca el velo de la boca. Le calma la sed, lo abraza. *Bebe, Farid, bebe.*

Se han quedado ellos dos solos en el mundo.

La casa es un huevo de greda abandonado a sus espaldas.

Luego, los arbustos, algunos con ciertos brotes blancuzcos. Un matorral de orgaza. El aire es más templado, el siroco ruge sin ganas como un felino cansado ya de retirada.

Es la zona predesértica. Hileras de vides. Muros en seco, desmoronados. Caseríos abandonados como los que se encuentran en la campiña toscana. Es una de las viejas aldeas rurales de los colonos italianos. Un campo de olivos retorcidos. Arcos abiertos en la nada.

Ha entrado arena en el motor. El camión se detiene. El hombre que lo conduce tiene el rostro cubierto de los tuaregs, ojos enrojecidos y ancianos que gritan a todos que bajen. De repente, el estruendo de una explosión tan cercana que corta los gritos, y sin embargo el cielo está tranquilo. Una bandada de aves mensajeras pasa, componiendo un dibujo en movimiento. El tuareg está hablando por el móvil, se desgañita en *tamashek,* Farid no le entiende.

El disco del sol está en lo alto del cielo. Hace dos horas que esperan. Farid y Jamila dan un paseo por la localidad fantasma, buscan un poco de reposo. Hay una plaza, con el viejo ayuntamiento. Se introducen en la iglesia. El techo se ha desmoronado en el centro, el ábside está desfigurado. El suelo es de tierra, con algún ladrillo. Se dejan caer junto a un muro, se reparten el pan. Jamila reza. No es una mezquita pero no importa. Es una sombra donde la gente se ha arrodillado y ha hablado con la voz del silencio.

Un negro se ha quitado los zapatos. Uno de los dos pies está hinchado como un carnero despellejado. Viene de la sabana, lleva días caminando. Tiene miedo a la gangrena, se queja. Un somalí se acerca. Enrojece el cuchillo con un mechero para sajar el pie del negro. Luego lo envuelve en una hoja. Como los dátiles antes de ser guardados en las cajas para los turistas.

Han empezado de nuevo a caminar.

El ruido de un motor, luego una moto de arena aparece por el horizonte.

Un hombre gordo, con una botella de Pepsi impresa en la camiseta, debajo del letrero ISHRAB PEPSI.

Farid mira esa camiseta que hace que le entre sed de otro mundo.

El hombre toma el relevo al frente del grupo de turistas. Será él quien los guíe hasta el mar.

Todos caminan detrás de la moto, que parece un tractor lunar. El negro arrastra su pie vendado de verde. Alguien abandona un colchón, una cacerola de peso excesivo. Avanzan en un silencio total. Antes hablaban, ahora no. Solo los gemidos de la mujer embarazada. Aunque ella parece más fuerte que los hombres. Esconde su estado bajo capas negras de ropa, tal vez tenga miedo de que la dejen atrás.

Una hilera de escarabajos cruza las dunas.

Dejan la marca antigua de los beduinos errantes, una estela de huellas que la arena barrerá. Han vuelto a su destino. Orientarse en la nada.

El abuelo Mussa no ha querido marcharse, se ha quedado en el huerto con los pies en la palangana, observando las águilas en sus batidas a la caza de lagartos del desierto.

Jamila no está triste. Se hunde, toma aliento ante un nuevo banco de arena. Ahora lleva a Farid a hombros, envuelto en un pañuelo de tela, como cuando era pequeño.

Jamila es joven, tiene poco más de veinte años. Es una joven viuda con su hijo. El desierto es su concha.

Farid lleva un amuleto colgado del cuello.

El horizonte cambia, se va manchando de un verdor abrasado. Un muro de algarrobos. Una larga pendiente bordeada por oleandros en flor.

Es un olor que Farid desconoce, agreste y profundo.

¿Será ese el olor del mar, de sus superficies relucientes, de sus abismos azules?

Todos corren ahora, con la cabeza agachada entre retablos espinosos de higueras. Farid baja de la espalda de Jamila, abandona a la pequeña dromedaria. Corre, cae rodando entre la arena y el tamarisco. Es la primera vez que sale del desierto.

Una mano recoge el dinero en la playa. Otro hombre con turbante, pero vestido de ciudad. Una chaqueta clara, sudada en el cuello, sobre los hombros. El hombre gordo grita. La botella de Pepsi se agita sobre su vientre fofo. Han de darse prisa, se hallan al descubierto. Aunque la situación está bajo control. Los pretorianos del régimen tienen órdenes de dejar partir las barcazas. Ahora el *rais* quiere que el Mediterráneo se llene de miserables para que Europa se eche a temblar. Es la mejor arma que tiene. La carne marchita de los pobres. Es dinamita. Hará estallar los centros de acogida, la hipocresía de los gobernantes.

Ahora, en la playa, todos protestan.

Miran derrotados ese enorme cascarón oxidado que flota en el agua. Parece un autobús volcado, no una lancha motora.

Todos gritan, meneando la cabeza.

La barca es demasiado cara, demasiado vieja. Un asco de barca.

El hombre vestido con elegancia dice *¿qué os esperabais?, ¿un crucero?* Grita que para él no hay nada más que hablar. Que embarcará otro cargamento de fugitivos menos estúpidos que ellos. Agita el brazo, dice que deben irse, dejar sitio, regresar a los matorrales, al desierto. Escupe por el suelo, dice que no tiene tiempo que perder con las ratas.

Arroja el dinero a la arena. Un joven lo recoge pero el hombre ya no quiere saber nada más de ellos, monta en el jeep. El joven lo persigue, le suplica por la ventanilla *por favor, por Alá*. Hay muchas mujeres, entre ellas su esposa, que está embarazada. Le pregunta al hombre si es que no tiene hijos. El hombre le da un golpe con la portezuela. Baja. Mete el dinero en la cartera. Ahora nadie vuelve a rechistar. El traficante de hombres camina sobre la arena con sus zapatos relucientes. Abre el maletero del jeep, lanza sobre la arena envases de plástico con agua. *Hasta he pensado en que tendréis sed.* Todos le dan las gracias. Jamila recoge una botella de aquella agua tan ardiente como té, se la guarda en la bolsa.

Farid mira el mar. Por primera vez en su vida. Lo toca con los pies, lo recoge con las manos. Lo bebe y lo escupe.

Piensa que es grande, aunque no como el desierto. Termina donde comienza el cielo, tras aquella franja azul, horizontal.

Creía poder caminar sobre él, igual que los barcos de los piratas. En cambio, está mojado y tira hacia abajo. Las olas van y vienen, como la ropa tendida de su madre, si él huye se le echan encima.

La mujer embarazada se levanta la ropa para entrar en el agua, pero acaba por empaparse hasta la garganta. Abre una boca delgada repleta de dientes demasiado grandes, parece un dromedario asustado por el fuego.

Todos han empezado a subir, a empujarse, a encaramarse.

El borde de la barca ha descendido casi a ras del agua.

Dos chicos de Malaui, más despiertos que los demás, caminan con los pies desnudos como marineros, verifican el interior del casco. Abren los bidones sujetos con cintas elásticas a popa, acercan la nariz. Quieren comprobar que están realmente llenos de gasóleo. El hombre gordo les grita que son unos desconfiados hijos de puta *ifriqiyyun,* esclavos huidos de los guetos de los oasis. Ha configurado el GPS con la ruta y se ha bajado de un salto. Se moja hasta la cintura. Da un golpe al casco. *Buena suerte, hijos de puta.*

Farid mira el mar, límpido y compacto como cerámica azul. Busca los peces, sus dorsos, las primeras piezas de su vida nueva. Jamila le besa, juega con su pelo. *¿Cuánto durará el viaje?*
Poco, el tiempo de una nana.
Jamila ha empezado a cantar con su garganta de ruiseñor, silba, imita el soplo de la *zukra**. Su voz desciende hasta el mar. Luego se queda dormida. La cabeza delgada de una gacela, de una hermana mayor. Farid mira hacia atrás, encuentra una hendidura a través de los cuerpos. La costa ya no existe. Solo mar que sube y baja. Se acuerda de su casa, del columpio, de las mayólicas con dibujos de color óxido y esmeralda alrededor del pozo. Piensa en la gacela. Iba y venía,

---

* Una especie de gaita líbica. *(N. del T.)*

a su voluntad. Siempre al atardecer. Había empezado a comer de su mano. Él arrancaba los dátiles, los pistachos, y se los ofrecía sobre la palma abierta, como si fuera un plato. Piensa en el ruido, después en el olor de su boca. Tenía unas manchas en el interior, sobre la lengua. Olía a *uadi,* a agua que fluye. El mejor hocico de la Tierra, aparte del de su madre. Aquel día se abrazó a ella. No sabía que no volvería a verla. Su pelaje color tierra quemada se iluminaba al caer el sol. El pelo le olía a alfombra. El mismo olor que Farid advertía en el desierto, cuando montaban la tienda con el abuelo Mussa y dormían sobre la alfombra de las plegarias.

No le importa abandonar el pasado. Es un niño, es demasiado pequeño para tener sentido real del tiempo. Está todo junto, en la misma mano, lo que conoce y lo que le espera.

Al principio está excitado, luego está asustado, luego está cansado y ya nada más. Ha vomitado, ahora ya no le queda nada que echar fuera. El sol los sigue como una lengua hambrienta, goteando en sus cabezas un calor asfixiante, sudor.

El mar es monótono, no ofrece ninguna novedad. Mirarlo es un error, es como mirar un animal sin cabeza, con muchas grupas que oscilan. Carne azul que espumea desde una boca sumergida. Farid busca esa cabeza que nunca se asoma, que llega a la superficie y luego desaparece.

Se pregunta cuál será la cara del mar.

Uno de los chicos somalíes ha disparado a las olas hace un momento, para probar una de las bengalas luminosas. No funcionan, están tan podridas como la barca. El chico ha bebido demasiado con sus amigos, se han quemado el estómago y el cerebro. Ahora están peleándose a puñetazos.

Todos están pálidos, grises como cuerdas. Todos han vomitado. El vómito corre por el suelo sobre la madera macerada, siguiendo el balanceo del mar.

Jamila le dice a su hijo que mire fijamente un punto del horizonte para salvarse del mareo.

Farid rebusca en el fondo del bolsillo del cielo, donde el sol diluye el horizonte.

Le llega a la cara el humo negro del gasóleo. Su madre lo abraza con fuerza. Él busca aquel contacto, aquel olor. Pero Jamila está ya impregnada de gasóleo. Es ese el olor del viaje, de la esperanza.

A Farid le duelen los ojos, las piernas. El mar está ahora de través, la barca se ladea completamente. No pueden desplazarse, ese es el sitio que tienen asignado. Un hueco entre los cuerpos. Una niña se queja, dos hombres gritan en un dialecto que Farid desconoce. Se asfixia, el sol levanta costras en su boca. Su madre raciona el agua. Le da sorbos cada vez más pequeños que no bastan siquiera para limpiarle la lengua. Hacen sus necesidades en un cubo común que luego se vacía en el mar. ¿Como animales? Un poco más allá. Los animales no tienen tanto miedo a morir. El mar es un mundo en sí mismo. Un mundo en el mundo. Con sus leyes, su fuerza. Se ensancha, se eleva. La barca parece la coraza de un escarabajo muerto. Los que Farid encontraba en la arena fina, fulminados por el siroco. Farid tiene el sol dentro de su cabeza. No se marcha ni siquiera cuando cierra los ojos. Piensa en las hojas de las alcaparras silvestres. Las que masticaba su madre y le ponía sobre la frente para curarlo. Piensa en el vendedor ambulante que pela los higos con un gesto decidido, mágico. Jamila le desmigaja en la boca un tronquito de ajonjolí, pero la garganta es un muro de arena.

El mar es una montaña que se alza. Farid tiene miedo de esas dunas de agua. El motor renquea como un dromedario moribundo.

Por la noche hace frío, la temperatura baja con el agua, el mar se convierte en papel negro. Exhala un humo que se te pega y te moja. Farid tiembla. La madre lo ha envuelto en su velo húmedo, resbaladizo como una cáscara. Farid siente frío allí debajo. El viento es perverso y azota. Farid se abraza a los huesos de su madre, busca el calor del pecho. También ella tiembla, parece una de esas cestas con serpientes dentro que se agitan. Hacía tiempo que no le dejaba acercarse a su pecho, *ahora ya eres mayor*. Ahora lo empuja hacia allí, donde queda un poco del calor del día, como con las piedras. A fin de cuentas, es una suerte estar tan juntos, son una suerte el viento y el mar. Farid duerme. Piensa en las gruesas hojas de palmera bajo las que se refugiaba cuando empezaba a llover. Un día oyó decir a Aghib, el viejo que cose zapatos bereberes para los turistas bajo el sol, que todo lo que les sucede es por culpa del petróleo, que de no haber sido por el mar negro que hay debajo del desierto ningún dictador habría tenido ganas de decretar leyes ni ningún extranjero de acudir a defenderlos lanzando misiles de crucero. El viejo Aghib le ha señalado con aquel duro dedo suyo, horadado por la aguja: *el petróleo es la mierda del diablo, no te fíes de lo que parece una bendición. Porque es peor que una trampa para monos. Y lo que para los ricos es una bendición, para los pobres es siempre una desgracia.*

Farid ha seguido fiándose de la gacela, de su hocico que llegaba hasta la puerta de casa para comerse las sobras.

Todo está oscuro y la luna se ha ido. El chico que va echando gasóleo en el motor se ilumina con un mechero de plástico, se tambalea e impreca porque la llama se le apaga con la humedad del mar. Los brazos de la madre son menos fuertes, se hunden junto con la barca, ceden como ruedas en el desierto.

Farid aguarda a la madrugada. Aguarda a Italia. Allí las mujeres caminan con la cabeza al descubierto y la televisión tiene infinitos canales. Desembarcarán bajo las luces, alguien los fotografiará. Les darán juguetes, les darán Coca-cola y pizza.

Rashid, el padre de su abuelo Mussa, hizo ya ese viaje, a principios de siglo, cuando los italianos prendieron fuego a sus aldeas, expulsaron a los beduinos de los oasis y los encerraron en recintos vallados, apiñados como cabras. Rashid era un chico alegre, tocaba el tablá y recogía la resina de los árboles del caucho; sus hermanos murieron en la deportación, él fue embarcado y enviado al destierro, a unas islas llamadas Tremiti. Nadie volvió a recibir noticias suyas. Nadie supo nada más de su muerte o de su nueva vida.

Farid mira el mar.

El abuelo Mussa le ha hablado del viaje de su padre. Se había levantado una tormenta de arena, un viento de polvo gris barría la costa, casi como si el desierto se rebelara ante aquel éxodo cruel. Los beduinos subieron a los barcos con sus túnicas manchadas y sus rostros huesudos tras meses de hambre, los ojos adolorados e inmóviles de un rebaño empujado hacia el vacío.

En una ocasión, Mussa, ya adulto, fue hasta allí en el Toyota de unos arqueólogos del desierto. Eran un grupo de chicos de Bolonia, habían dormido juntos en los viejos campamentos tuaregs, habían visitado las necrópolis de los garamantes y los blancos laberintos de Gadamés.

Desde el golfo de Sirte, Mussa había mirado el mar que se había tragado a su padre. Empezó a pensar en embarcarse, en ir a buscarlo a Italia. En presentarse ante él, alto y elegante cual era, con sus gafas de hueso inglés, su *jallabiya* blanca. Soñaba con recoger a su viejo padre Rashid en sus brazos y con devolverlo, montado en un dromedario, a su desierto.

El óxido de la nostalgia arañaba entre los dientes como arena.

Pero todo aquel azul lo asustó. Sintió una especie de mano que le tiraba del cuello hacia atrás. El antiguo terror al mar.

Sin embargo, le dio tiempo de ver a un grupo de turistas semidesnudas sobre la playa que comían moras de un cesto de hojas entrelazadas y bebían zumo de lima.

Volvió a casa con aquel relato que con los años se hizo cada vez más audaz, las mujeres estaban cada vez más desnudas e incitantes, como vírgenes del paraíso.

Farid mira el mar y piensa en el paraíso.

Su abuelo le ha dicho que allá arriba las mujeres son más hermosas, la comida es mejor y todos los colores son más intensos, porque Alá es el pintor de la madrugada.

Farid piensa en la fotografía de su padre Omar, la que está colgada en el comedor, retocada por el fotógrafo con los pinceles. Los labios más rojos, las pestañas dibujadas, la mirada más profunda.

No se parece en absoluto al legendario
Omar al-Mukhtar. No tiene ideas políticas. Es
tímido y débil de nervios.

Farid mira el mar.

Las lágrimas le brotan de los ojos, se deslizan lentas entre el vello del rostro blanquecino
por la sal.

Del color del silencio

Vito camina sobre las rocas, baja a las ensenadas de arena. Ha dejado el pueblo a sus espaldas, el ruido de una radio encendida, de una mujer que grita en dialecto. Solo viento y olas que brincan altas contra los escollos como fieras enfurecidas, ponen encima una pezuña, espumean y luego se retiran. A Vito le gusta el mar embravecido. De niño saltaba dentro de él, se dejaba *schiaffonare,* abofetear. Angelina, su madre, se desgañitaba en la playa. La veía pequeña, agitarse como el estafermo de los títeres. Qué poca cosa le parecían ella y su ropa, que le revoloteaba sobre las piernas. Era más fuerte el mar. Tomar impulso, cabalgar la ola veloz, resbalar como sobre el jabón y dejarse engullir luego, golpeándose allá abajo, en la garganta enrabietada del remolino. Daba volteretas en el fondo sucio, removido de arena y gruesos guijarros que aturdían. El mar en la nariz, en la tripa. La ola tiraba de él hacia atrás, daba miedo.

Pero toda verdadera alegría lleva un miedo dentro.

El bañador lleno de arena, los ojos heridos, colorados, los cabellos como algas. Eran los recuerdos más hermosos. Convertirse en un trapo que no pesaba nada. Temblar de felicidad y de miedo. Los labios azules, los dedos muertos. Salía un rato, a la carrera. Se arrojaba al calor de la arena, temblaba y se sacudía como un salmonete agonizando. Luego se zambullía de nuevo. No pensaba en nada. Más pez que hombre, así se sentía. Y aunque no volviera, le daba igual. ¿Qué lo esperaba en la orilla? Su madre, de mal humor, que fumaba. La salsa de pulpillos con tomate de su abuela. Y los deberes veraniegos, menudo asco. Porque no hay nada peor que los libros y los cuadernos en verano. Y él siempre suspendía algo. Deudas eternas, con las que cargaba.

En una ocasión, para ir a sacarlo del agua, Angelina pisó un erizo, perdió las gafas de sol. Aquella vez le dio a base de bien. Arrastrado por la arena del pelo, sacudido como si fuera un pulpo. No hubo vez en que la odiara más. No hubo vez en que sintiera más que ella lo amaba por encima de todo. Aquella noche le dejó dormir en su cama, en las sábanas blancas arrugadas, junto a ella, a su olor, a sus movimientos. Su madre estaba separada. Por las noches se ponía delante de la puerta, bajo la palmera, fumando de pie con un brazo sobre la tripa y el paquete de cigarrillos en la mano. Hablaba sola, movía los labios en silencio. Con el pelo pegado en la frente, ponía caras extrañas. Parecía un mono a punto de saltar.

Ahora Vito ha crecido. Viven lejos de Catania, solo vuelven a la isla en verano y a veces en Semana Santa. Son los últimos días de vacaciones, su madre debe reincorporarse al colegio. Vito con el colegio ya no tiene nada que ver. Ha acabado la tortura de las traducciones copiadas, de las mentiras. El despertador a las siete con mal aliento. Ha aprobado la reválida, a fuerza de patadas, de clases particulares, pero la ha aprobado. Y nada mal además. Le *cayó simpático* a la comisión examinadora. Expuso una tesina sobre los tripolinos, los italianos de Trípoli expulsados por Gadafi en 1970. Arrancaba con el carnicero del general Graziani y llegaba hasta su madre.

Habló del mal de África. De esa nostalgia que se convierte en alquitrán. Del viaje que hicieron juntos, a la inversa. A Libia.

Fue una liberación total. Al día siguiente cagó como nunca en toda su vida. Montó una fiesta en una discoteca y se besó con una chica. Y qué más da si luego ella le dijo que había sido una equivocación. Vito, en cualquier caso, pudo conocer aquella boca, se le puso dura y tembló. Como en las olas cuando era niño.

Vito contempla el mar, está descalzo. Tiene los pies prensiles, duros como los de un marinero. Al final del verano siempre le ocurre lo mismo. Sus pies están listos para quedarse, para vivir desnudos sobre las escolleras y sobre los guijarros.

Ha sido un verano repanchingado, vacante de verdad. Ha dormido hasta tarde, no se ha bañado mucho. Bajaba a la playa medio aturdido. Ha leído algún libro en la cueva, mientras los cangrejos subían y retrocedían.

Hoy lleva camiseta y pantalones, se ha levantado viento.

Vito mira los detritos, los trozos de barcas y los restos vomitados sobre la playa, que parece un vertedero marino.

Al otro lado del mar hay una guerra.

Ha sido un verano trágico para la isla. La tragedia habitual, pero este año más que nunca.

Vito ha ido poco al pueblo. Ha visto cómo el centro de acogida estallaba, cómo apestaba, lo mismo que un zoo. Ha visto las filas de esos desgraciados delante de la cocina instalada en una tienda, las cabinas de plástico de los váteres. Ha visto los campos por la noche, sembrados de telas plateadas. Ha visto a Tindara, su vecina, gritar y casi morirse de miedo cuando un tunecino se le metió en casa para robar. Ha visto a los chicos que conocía de niño y a quienes ahora ni siquiera saluda preparando grandes cacerolas de cuscús para la comida árabe de los desesperados.

Vito no sabe qué hará con su vida, le gustaría estudiar arte, es una idea que se le ha ocurrido este verano, aunque todavía no se lo ha contado a nadie. Dibuja bien, es lo único que siempre le ha resultado fácil, natural. Tal vez porque no hacen falta razonamientos, basta con seguir el gesto. Tal vez porque se ha pasado tanto tiempo garabateando cuadernos y pupitres en vez de estudiar.

Mira los restos de una barca, un costado de franjas azules y verdes, una estrella y una luna árabes.

No se ha comido ni una sola rodaja de atún este verano, ni siquiera un besugo. Solo huevos y espaguetis. No le gusta pensar en lo que comen los peces. Soñó con eso una noche, con la oscuridad del fondo marino y un banco de peces metidos en una cabeza humana, como en una cueva de anémonas fluctuantes.

Hasta el año pasado pescaba, ponía una bolsa llena de cáscaras de mejillones y de sobras en el agua, colgada de un flotador. De madrugada iba a recoger los pulpos que se pegaban a la bolsa y que intentaban penetrar en ella con sus tentáculos. Cuando eran grandes tenía que luchar, se le pegaban al cuerpo, se los arrancaba. Además de calamares, por las noches, con un fanal. Con la caña de pescar en el puerto. Con la fisga, en las cuevas. Lo de arrancarle carne al mar le gustaba de verdad.

Este verano ni se le ha ocurrido bajar en apnea. Se ha quedado sobre la hamaca. Y tampoco al pueblo ha ido más de lo indispensable. Todo ese dolor, ese desbarajuste. Hay una parte de la isla a la que el mundo no llega. Basta dar unos cuantos pasos y ya estás fuera de la zona de los desembarcos y de los telediarios.

Vito contempla el mar. Su madre le dijo un día *debes encontrar un lugar dentro de ti, a tu alrededor. Un lugar que te corresponda.*

Que se parezca a ti, en parte por lo menos.

Su madre se parece al mar, la misma mirada líquida, la misma calma y, por dentro, la tormenta.

Ella no baja nunca a la playa, solo al ocaso, algunas veces, cuando el sol, al embocarse, enrojece los escollos hasta volverlos violetas y el cielo hasta volverlo sangre, y parece de verdad el último sol del mundo.

Vito ha visto encaminarse a Angelina sobre las rocas, con los cabellos deshilachados por el viento, el cigarrillo apagado en la mano. La ha visto encaramarse como un cangrejo con la marea. Apenas un instante, que duró poco. Temió no volver a verla aparecer nunca más.

Su madre, durante once años, fue árabe.

Mira el mar como los árabes, como se mira una cuchilla. Sangrando ya.

La abuela Santa desembarcó en Libia con la oleada migratoria del treinta y ocho. Era la séptima de nueve hijos. Su padre y sus tíos eran ceramistas. Partieron de Génova bajo una lluvia batiente, el cielo salpicado por pañuelos húmedos que aclamaban a la expedición que se dirigía hacia la cuarta orilla[*].

---

[*] La «Quarta sponda» o cuarta orilla era el nombre con el que la Italia

El abuelo Antonio llegó con el último barco, el que zarpó de Sicilia con los sacos de simientes, los sarmientos de vides, las macollas de guindillas. Era un niño delgado, oliváceo, con una gorra más grande que su rostro. Nunca había cruzado el mar, habitaba en el interior de la isla, a espaldas del Etna. Sus padres eran campesinos. Dormían sobre sacos. Antonio había vomitado hasta el alma. Llegó pálido como un cadáver, pero en cuanto respiró aquel aire se sintió de inmediato *arricriato,* repuesto. Olor a café, a menta, a dulces aromatizados. Ni siquiera los dromedarios de la parada militar apestaban. Vito ha oído miles de veces el relato del abuelo Antonio sobre su desembarco en Trípoli, Italo Balbo que los precedía en un hidroavión, la inmensa bandera tricolor desplegada sobre la playa, y Mussolini a caballo con la enorme espada del Islam apuntando hacia Italia.

Les concedieron un día de asueto en Trípoli para visitar la ciudad, y luego los llevaron a las aldeas rurales. Se vieron ante kilómetros y kilómetros de desierto del que solo despuntaban arbustos. Se pusieron manos a la obra. Muchos de aquellos italianos eran judíos.

Trabaron amistad con los árabes. Les enseñaron sus trucos agrícolas. Eran pobres con otros pobres. Tenían las mismas arrugas de tierra

de Mussolini denominaba a las regiones costeras de Libia, entonces bajo su dominio colonial, dentro de su proyecto de asentar un imperio en la zona central del Mediterráneo. Para ello, el régimen fascista promovió la emigración de población autóctona en su afán de «italianizar» esos territorios. *(N. del T.)*

y esfuerzo en la frente. Comían pan sin levadura cocido sobre piedras, ponían a salar las aceitunas. Excavaron pozos, construyeron muros para defender los campos cultivados del viento del desierto.

Santa y Antonio se conocieron como vecinos de finca. Ayudaban a sus padres en las faenas agrícolas, vieron crecer los cítricos en la arena, aprendieron árabe. Se dieron el primer beso en Bengasi, durante un espectáculo ecuestre de jinetes bereberes en honor del Duce.

Después estalló la guerra. Italo Balbo fue abatido en Tobruk por la artillería antiaérea italiana. Por error, se dijo. Las ráfagas de las bengalas inglesas iluminaban el cielo. Los colonos italianos fueron enviados de vuelta a la península.

La familia de Antonio embarcó sobre la motonave *Conte Rosso,* que a su regreso se hundió, alcanzada por los torpedos británicos.

Pero cuando acabó la guerra, muchos volvieron en embarcaciones improvisadas, barcos de pesca podridos y cargados en exceso, arcas de Noé como las barcazas de los desesperados de hoy. Una travesía a la inversa por el *mare nostrum* para reencontrarse con sus casas, sus años de sudor, sus campos cultivados. O incluso solo por amor. Como Antonio, a sus diecisiete años.

Viajó como clandestino cubierto por redes apestosas cual pescado muerto, en la estiba de un barco de pesca que zarpó de Marsala. Desembarcó cadavérico en Trípoli, adonde la familia de Santa se había trasladado porque el padre trabajaba en la red de alcantarillado de la ciudad.

Los tripolitanos acogieron a los rescatados del mar como hermanos recobrados. Los ingleses solo despertaban su antipatía. Los italianos, negros a causa del sol, hablaban un poco de árabe, bebían té a la menta sentados sobre las alfombras al ocaso. Se habían embutido en las mismas tierras hostiles. Eran supervivientes como ellos, eran ingenio y hambre.

Más tarde, en los años cincuenta hicieron fortuna e hijos, abrieron restaurantes, compañías artesanales, empresas de construcción. Cultivaron kilómetros de arena.

Antonio era pequeño y demacrado. Con un torso aquillado de gaviota, desnutrido hacía generaciones. Santa era poderosa. Tan alta que rozaba el techo. Oscura con los ojos verdes. Con un lunar doble que parecía moverse sobre su rostro como una hormiga que intentaba encaramarse. Se casaron en la Catedral. Antonio vestía una chaqueta tan larga como un abrigo. Santa, un velo corto. Recorrieron bajo las farolas y las palmeras el paseo marítimo junto a la Fortaleza Roja, en una carreta árabe tirada por dos asnos enjaezados con campanillas y espejuelos que reflejaban la luz milagrosa del ocaso detrás de la medina.

Ampliaron un viejo taller de velas. Iluminaron las fiestas cristianas y los velatorios de los muertos en las mezquitas.

Una vez a la semana, el apicultor Gazel abría el maletero de un viejo Ford y les entregaba sus bloques toscos, gomosos, oscuros como tabaco aunque dorados como resina en su interior. Santa diluía los bloques de cera bajo una llama casi invisible. En el curso de la ebullición, quitaba con un cedazo las impurezas, los trozos de colmenas que flotaban grises y untuosos como residuos de placenta. La refinaba hasta que, de amarilla, la cera se volvía neutra e inodora, *del color del silencio,* decía. Antonio preparaba las mezclas de los tintes, colaba la cera en los moldes, añadiéndole aroma a cardamomo, a cítricos, colocaba las mechas. Daba rienda suelta a la fantasía dejando caer en las velas, blandas aún, pétalos de rosa o un corazón de fibras de palmera. Pasaba una y otra vez, a través de un pequeño rodillo con punzón, la cera para las velas de nido de abeja, la extendía como la masa del hojaldre de la cocina. Enrollaba las planchas céreas con sus manos desnudas, cuyas palmas eran suaves e insensibles al calor.

Se fueron a vivir a la zona de las Casas Obreras.

Nació antes un niño, Vito, que murió con pocos meses y fue enterrado en el cementerio de Hammangi.

Las planchas de cera quedaron colgando en la oscuridad del taller apagado como lenguas dolientes.

Ocurrió en 1959: en Jebel Zelten, de repente, manaba el petróleo. La «Gran Caja de arena»*, que tan solo exportaba chatarra bélica de la Segunda Guerra Mundial, cambiaba su rostro miserable. Dio comienzo la guerra de las compañías petrolíferas internacionales.

Mientras tanto, Santa se quedó embarazada de nuevo. Rezó en la iglesia de San Francesco. Cada día, de madrugada, sacaba del bolsillo del delantal de trabajo su vela más bonita, la encendía a los pies del santo.

Y por los pies se presentó Angelina. En Italia habría nacido con un parto cesáreo. En Trípoli nació en casa con una comadrona teñida de henna hasta los codos que metió una mano y maniobró como pudo.

Fue al jardín de infancia de las Monjas Blancas, luego al colegio de primaria Roma. Cada mañana cruzaba el puente del ferrocarril. Comía semillas frescas en el *suq,* el zoco, sentía la pimienta del *filfil,* la guindilla, arderle en la nariz. Corría en bicicleta hasta la plazuela del nevero. Se bañaba en la playa de los Sulfúreos. Esperaba el paso de los Ángeles Voladores, los acróbatas de las motocicletas. Trípoli era, sencillamente, su ciudad. El canto del almuecín jalonaba las horas de sus jornadas. Era consciente de ser extranjera. *Taliana.* Sus orígenes eran algo más, una riqueza más.

---

* Denominación despectiva con la que era conocida Libia a principios del siglo xx, durante la guerra de ocupación colonial italiana. *(N. del T.)*

Algún día, quizá se marchara para estudiar en la universidad. Pero luego volvería. Su vida estaba allí, entre el Arco de Marco Aurelio y el árbol de la morera. Bajo aquella luz que tocaba tierra y se incendiaba con el rojo del desierto y de la jubilosa música *moula-moula*.

Había estallado la Guerra de los Seis Días, el pogromo contra los judíos. Los muertos, las casas quemadas. El carnicero asesinado ante su mostrador de carnes.

Luego vino aquel día de septiembre. El toque de queda. La ciudad envuelta en el manto del subterfugio, suspendida en el silencio.

Todos pensaron que el rey Idris había muerto.

No estaba en la ciudad. Estaba en Turquía para someterse a unas curas. El viejo rey sanusí había demostrado escaso empeño en sostener la causa árabe, era ceremonioso con los extranjeros, había dejado que los americanos construyeran la mayor base para el control del Mediterráneo. Sin embargo, era celebrado y respetado. Delgadito, inofensivo, apoyado en su bastón retorcido con su larga barba de mago.

En la cerería, Antonio se pegó a la radio.

Y así supo del golpe de Estado de aquel joven muchacho del desierto, tan guapo como un actor, seductor como un mártir.

Carismático como su ídolo, Nasser de Egipto.

No hubo esparcimiento de sangre, solo banderas verdes. La revolución del pueblo, dijeron. Por más que fueran realmente pocos, el beduino de Sirte y sus doce apóstoles, todos jovencísimos.

Era el día de la apertura de la temporada de caza. El apicultor Gazel había ido a perseguir antílopes.

Angelina se había encontrado con su hijo Alí en Sciara Mizran, estaba muy excitado, había festejos en las calles, inmensos vehículos oruga avanzaban, pacíficos como enormes juguetes. Se sumaron a la multitud, corrieron juntos hasta el mar, hasta la plataforma ante el castillo. Se dieron un baño largo, infinito. El agua estaba tan clara que el fondo parecía una alfombra y ellos flotaban suspendidos en lo alto, ligeros como peces voladores.

Permanecieron en la playa hasta el ocaso, con sus cuerpos cerca, dejando que los bañadores se les secaran encima. Hablaron del futuro. Alí solo quería hablar del futuro. Era apenas algo mayor que ella, pero aquella tarde de septiembre parecía ya un hombre.

Empezaron por los judíos.

Los mismos judíos que en Trípoli habían vivido libres incluso bajo el fascismo, dedicados al comercio colonial, bebiendo té al amparo de cenadores de tul, bailando en los círculos privados, a pesar de las leyes raciales promulgadas en Roma.

Renata y Fiamma, compañeras de clase de Angelina, un día no contestaron al pasar lista.

Vino la directora. La profesora salió al pasillo a llorar.

Angelina miró el mapa de Italia en la pared, las palmeras por fuera de la ventana. Miró los dos pupitres vacíos. Tenía once años. Acababa de pasar a secundaria. Sus senos eran dos botones hinchados. Llevaba sandalias blancas en los pies y desde hacía dos meses se ponía perfume.

Angelina no sabía que ella tampoco finalizaría el curso escolar. Que dentro de poco el colegio cerraría sus puertas, los pupitres se amontonarían, el alfabeto y el crucifijo serían arrancados.

Todo lo que miraba era transitorio. El mar detrás de la kasba, la fuente de la Sirenita, el mercado cubierto y el cine Gaby. Si hubiera tenido una máquina fotográfica habría sacado fotografías como una turista cualquiera. A su casa. A las naranjas sicilianas sobre la bandeja. A los viejos que jugaban al dominó bajo las moreras. A su amigo Alí, chorreando agua de mar, con las manos en los costados, la máscara de buceo en la cabeza, el tubo entre sus dientes blanquísimos.

Angelina no sabía que el joven Gadafi expulsaría incluso a los muertos del cementerio de Hammangi. Que Italia tendría que llevarse consigo los despojos de miles y miles de soldados muertos en Libia.

Que su padre y su madre, sus amigos de la aldea de Oliveti, los de Sciara Derna y de Sciara Puccini, los de las Casas Obreras, los que habían construido las calles, los edificios, las bocas de las alcantarillas, y habían hecho un frutero del desierto, todos ellos iban a pagar las fechorías del colonialismo cruento y veleidoso de la Italia liberal de Giolitti y de la cuarta orilla fascista.

La cera resbala por el suelo, cubre el pavimento de la tienda, una pasta sin olor, del color del silencio. La puerta golpea contra su marco. Un gato de puerto, sucio de pescado, maúlla ronco.

Santa y Antonio miran el mar, con la niña en medio de los dos.

Las palmeras de Corso Sicilia oscilan, se inclinan hacia un lado. Vendrá el siroco, vendrá ese polvo gris, arena en la boca, entre los cabellos, entre los dedos. Ellos ya no estarán allí. Despedirse de la propia vida es fácil. Es una madrugada de plomo. Están vivos, eso es lo que cuenta.

Vito mira el mar, que comienza a calmarse, se retira. Parece enojado por esa retirada. Golpea sobre los escollos indolente, desordenado, con menos vigor. El agua se siente confusa, después de la tormenta de la noche el fondo no se ve bien. Vito piensa en una discoteca de madrugada, en la moqueta sucia, en el hedor a humo y a sudor. Los sofás achacosos, los ceniceros rebosantes, las colillas por el suelo junto a los cristales de los vasos rotos. Piensa en la fiesta de sus dieciocho años.

Sus amigos se emborracharon, se tomaron pastillas. Los vio bailar ofuscados, balanceándose hacia delante y hacia atrás sin moverse casi, como un banco de algas enfermas. Los pies pegados en el delirio.

Ninguno de ellos sabe qué hacer con su propia vida, aparte de los que cuentan con la actividad comercial de los padres y se pondrán detrás de un mostrador.

Tampoco Vito sabe qué hacer con su vida. Hasta hace poco, ni siquiera se había detenido a pensarlo. No le preocupaba. Su único pensamiento era: salir, encontrar dinero para salir, para gasolina, para cerveza y kebab, engañar a su madre, hacer que le dicten los deberes por teléfono, conseguir un sitio en el coche de alguien con carné para ir a Catania el sábado por la noche a cenar, a ver los escaparates de Corso Italia, una película, las negras en Via de Prima.

Los dieciocho años no le han sentado bien. De repente se ha puesto a pensar.

En aquella discoteca que parecía un vertedero, de vida, de años jóvenes. Y eso le había parecido triste, que no hubiera viejos sino solo muchachos. Pensaba en su abuela Santa, con sus ropas oscuras y sus cabellos blancos, sus manos siempre limpias, siempre a remojo con las verduras. Era una idea descabellada. En casa no hablaba nunca con nadie y ahora, de repente, le habría gustado tener a su abuela allí, junto al sordo del disc-jockey.

Una chica lloraba en una esquina, tan atiborrada de alcohol que ni era capaz de levantarse. De piernas gruesas, con tacones de escayolada. El maquillaje, más negro que el pelo, avanzando por las mejillas formaba dos autopistas. Y él se había puesto a correr sobre esos carriles negros. Cuántas veces adelantaban sus amigos en la autopista por la noche, con el motor acelerado en las curvas. El asfalto tan rápido que ni siquiera se veía, los ojos rojos como canicas en la oscuridad.

Jugaban a cegarse con los láseres malos de los chinos. Gritaban. Se reían. Fumaban.

Habrían podido estrellarse cien veces. Acabar en el periódico. Uno de esos coches abiertos como latas de sardinas. Y debajo, las caras de los carnés de identidad.

Pensaba en su cara sin barba en el carné de identidad. El que se sacó a los dieciséis años. Con la cresta que llevaba entonces y esa expresión de retrasado. Parecía un niño aún.

Debería hacerse una nueva foto en el fotomatón, un nuevo carné de identidad. Ahora era mayor de edad. Ahora podía irse de casa. Podía ir a la cárcel.

Nadie se acercaba a la chica en la oscuridad jaspeada de la discoteca, ni a él tampoco se le pasaba por la cabeza. Era repulsiva. Ni siquiera parecía triste. Parecía una fuente negra, sin más razón para vivir que la de estar allí y llorar.

No daba pena. Tenías la sensación de poder agarrarla, arrastrarla de un hombro y echarla fuera. Se quedaría ahí, llorando bajo unas adelfas, sin cambiar de expresión. Era una de esas que vuelven a casa así, babean la almohada de rímel, de mejillas negras, saladas y amargas. Después se duchan, se ponen una compresa, se sientan en su pupitre, vuelven a moverse como algas. Y en cuanto encuentran un puf en una discoteca, se echan otra vez a llorar, sin más, sin razón, porque nunca dejan de hacerlo, porque es su forma de hablar o de aislarse o de llamar la atención. No cambia gran cosa. Es igual. Igual que esa otra chica delgada que, por el contrario, se ríe. Que entra en la discoteca y se echa a reír, tal vez solo porque tiene los dientes blancos y se vuelven fosforescentes con los juegos de luz. Todo el mundo baila. Nadie se muestra interesado. Son comportamientos que viajan y se desplazan de un cuerpo a otro. Tentativas de vida. Repetir lo mejor que puedes lo que sabes hacer. Expresar las emociones como una granizada violenta. Como si no fueran las tuyas. Tú, sencillamente, las estás probando, las estás bailando con los demás. Tuya es la única jeta donde el granizo golpea, donde los juegos de luz pasan.

Luego, ya no se acuerda cómo, le había dado un beso con lengua a aquella gordinflona sudada por todo. Se había *allippato,* morreado, con aquel cenagal caliente.

Vito mira el horizonte harinoso y ciego. Mira la playa, un vertedero de objetos vomitados. El mar parece ahora una tapadera, plateado como una moneda.

Idas y vueltas por aquel tramo de mar, esa ha sido la historia de su familia.

Angelina le ha contado su expulsión, con los fusiles apuntándoles, a empujones en la espalda. Aquella vida árabe arrancada, la playa de los Sulfúreos, la planta de morera de Sciara Derna, el colegio Roma, los amigos de una vida.

Todo borrado en una mañana de borrasca.

Una vida quebrada, esa ha sido la historia de su madre.

Su madre sabe lo que quiere decir afrontar el mar a la inversa.

Tras las aves que emigran.

Angelina le ha dicho: las aves saben dejar sus huevos en un lugar seguro. Nuestros huevos, en cambio, nos los rompieron. Hechos trizas. Nuestras casas, dentro de una maleta. Salir del cascarón para correr, para huir.

A sus espaldas, solo una hilera de ropa tendida a la que alguien ha prendido fuego. Camisas, calzoncillos en llamas. Soldados con gorras rojas entre las plantas de eucalipto que gritan *rumi!*, ¡italianos!, y escupen.

Angelina se acuerda de uno, el que tiró de un estacazo el bidón donde hervía la cera. De piel oscura, pero con los ojos azules y el pelo tan rubio que casi parecía teñido. Era el hijo de la violencia.

Ella no sabía nada de aquella violencia. Ciertas cosas las supo más tarde. Cuando supo de las violaciones, cuando vio las fotografías de las fosas comunes en la arena, las hileras de beduinos ahorcados.

Tenía once años en 1970, Angelina. Acababa de pasar a secundaria.

Los gritos, las filas ante las oficinas ministeriales, ante el consulado. El visto bueno para el visado de expatriación. El certificado de indigencia. Todos corren sin una meta, pegados a los muros como lagartijas, para obtener noticias que cambian día a día. Nadie entra ya en la kasba... los cierres metálicos de las tiendas echados... y aquellos dos hombres horrendos, el de los húmedos labios color violeta y el otro, de piel más oscura, a bordo de aquel Alfa que aminora la marcha en las zonas italianas, frente a las casas y las tiendas que dentro de poco serán expropiadas.

Angelina se acuerda de la noche de la vacuna contra el cólera. Pegada a la bata de su madre, a su rostro pálido como una vela. Del color del silencio, realmente.

¿Por qué le pusieron aquella vacuna obligatoria que venía de Italia? ¿Qué sentido tenía? Se la pusieron sin cambiar de jeringuilla. Pero por suerte no tuvo consecuencias.

Mientras le contaba aquella historia a su hijo, se descubrió el brazo. Le enseñó el punto exacto por donde penetró la aguja.

Vito cogía apuntes para su tesina de reválida.

—No puedo ponerlo todo, mamá...

—Entonces ¿por qué me haces tantas preguntas?

Aquella noche, Angelina conoció la guerra. Cuando todo confín habitado por la confianza se perdió. Aquella sensación de vacío, de saqueo. Si das un paso fuera de lugar, si miras a donde no debes, si tus piernas ceden un poco. Más allá de la fila está el abismo. Árabes de uniforme que inspeccionan tus temblores.

Santa la tenía abrazada contra ella, le trituraba la mano. Su corazón latía como un tambor y Angelina tenía miedo de aquel ruido que no lograba detener. Era tan fuerte que le parecía como si todos pudieran oírlo. Ya no era un corazón, era un martillo, el mismo ruido de los batidores de cobre en el mercado. A su alrededor, la noche era fuego negro. Todo lo que siempre le había parecido amigo y tácito era ahora una emboscada. Los muretes de higueras, las puntas de los minaretes. Pensó en la masacre de Sciara Sciat, la había estudiado en el colegio. Aquellos soldados de infantería italianos, jovencísimos, embarcados en la vanagloria de la conquista colonial, que avanzaban tranquilos por la ciudad silenciosa y blanca como un pesebre. Trípoli había sido tomada sin esfuerzo, los árabes parecían haberse sometido, refugiándose en el desierto. El enemigo eran los turcos. Luego aquellos reclamos, misteriosos como los de las aves, aquellas sombras con turbantes, ágiles en la oscuridad como escorpiones. Aquel frente abierto, sin posibilidad de resguardo. El laberinto del oasis por un lado, el aliento del Sáhara por el otro. Algunos soldados buscaron refugio en el pequeño cementerio de Rebab, allí al lado. Murieron seiscientos, con las gargantas rebanadas, torturados, crucificados como fantoches. En una noche de octubre de 1911.

Las represalias de los italianos fueron terribles, a los habitantes de Menscia se las sacó de sus casas de barro, las aldeas del oasis ardieron, hubo miles de ejecuciones sumarias, les supervivientes embarcaron hacia el confinamiento de las islas Tremiti, de Ustica, de Ponza.

Ahora el odio había vuelto a la vida.

Esa era la revolución del beduino de Sirte, quien, por debajo del uniforme, llevaba el cuerpo marcado por las minas abandonadas de las guerras coloniales.

En la ciudad, ardían por doquier hogueras de libros europeos, de escritores blasfemos, imperialistas y corruptos.

¡Talianos, asesinos! ¡Talianos, fuera!

Angelina extendió el brazo para la vacuna. No rechistó. Salió una gota de sangre. Una estúpida gota de sangre.

Abandonaron la casa, las camas, la tienda de velas. Antonio dejó las llaves del Escarabajo puestas. Quiso arrojarlas a la arena, pero luego se lo pensó mejor. Con aquel coche, en los días de fiesta, se acercaban hasta las excavaciones de Leptis Magna, para comerse sus bocadillos delante de la cabeza de la Medusa y darse un baño.

Fueron andando hasta el puerto. Tuvieron que aguardar muchas horas, fueron cacheados, tratados como criminales.

Las amigas árabes de Angelina se arañaron la cara a causa del dolor, como solo lo hacían en los funerales.

Habían jugado a la rayuela, al escondite inglés, en el solado de piedra de delante de la cerería.

Ma sha' Allah, que Dios te proteja.

Vito mira el mar.

Angelina le contó también lo del almohadón, que apretaba contra su pecho en el muelle. Un pequeño cojín de raso amaranto con bordados de hilo dorado. Se lo había regalado su amigo Alí. Aquel niño delgado, alto para su edad. Con el pelo liso y reluciente, de un negro casi azul, que llevaba con la raya a un lado. Cuando iban a nadar, se quitaba las gafas graduadas y las envolvía en la camiseta. Ella agitaba los dedos. *¿Cuántos tengo?* Alí no veía casi nada de lejos y se equivocaba siempre. Enfadándose además, era un niño quisquilloso. Sin embargo, hacía como si nada. Se sumergía, nadaba como los peces, pegado al fondo, durante tanto rato que ella lo creía muerto. Empezaba a buscar su cabeza en el agua, a esperar que apareciese. Alí salía de repente, en el mar inmóvil. Tomaba impulso desde el fondo, apoyando los pies sobre la arena, e irrumpía como el salivazo de un delfín.

El hijo de Gazel, el apicultor, se presentaba con su padre, agazapado en el asiento negro y rasgado del Ford rojo. Además de la cera, transportaban jaulas de gallinas, cestos de uva. Alí llevaba un sombrero de béisbol de tela a rayas, sus gruesas gafas y siempre un libro en la mano.

Una vez la llevó a ver las colmenas de las abejas. Fue la primera excursión que hicieron juntos, Angelina montó en el Ford. Bordearon las viejas ruinas romanas, hasta una aldea bereber. Alí le dio una protección a Angelina, un enorme delantal metálico y una red para el rostro. Él, en cambio, se desvistió. Se quitó las gafas, se quedó con el pecho desnudo. Para dejar que las abejas lo cubrieran por entero, petrificado, con los brazos abiertos, como los espantapájaros tuaregs. Las abejas le cuchicheaban encima, y Alí no parecía sentir la menor molestia o cosquilleo. Eran tantas que formaban un pelaje ruidoso apenas sacudido por el viento. Los ojos de Alí permanecían inmóviles y la miraban fijamente. Parecían de verdad los de un animal invadido por animales más pequeños. Eran ojos ofuscados, e increíblemente tristes. O tal vez tan solo concentrados. Angelina abrió una mano. *¿Cuántos dedos tengo?* Alí no podía hablar, no podía reírse. La boca parecía una herida pegada. Ella no dejaba de subir y bajar dedos. *Y ahora ¿cuántos tengo?* Le molestaba que él fuera tan superior a ella en todo, que tuviera aquel coraje tan obstinado. Alí contestó, dijo que los dedos eran seis y adivinó. Tal vez el miedo ayudara a su vista. Sin embargo, una abeja le entró en la boca y le picó en la garganta. Angelina vio sus ojos negros y tristes enrojecer e hincharse, volverse desesperados. Parecía pedirle ayuda con todo su cuerpo. No podía toser, no podía moverse. Pero la garganta se le estaba hinchando. Empezó a jadear, a emitir extraños estertores. Parecía estar cerca de un síncope. Las abejas empezaron a ponerse nerviosas, a volverse cada vez más ruidosas. Solo con que la mitad de aquella colonia de abejas se decidiera a picarlo, Alí habría muerto al instante. Angelina lo vio doblarse sobre sus rodillas. Retrocedió aterrorizada.

Fue su padre quien lo salvó, arrancó un tubo del riego y lanzó contra su hijo una acequia violenta de agua. Las abejas cayeron como pelo cortado, formaron un enjambre mojado y sibilante sobre la arena. Alí fue conducido a casa, sumergido en una sopa de hierbas de Yemen y de polvo de amonio.

Tenía fiebre alta y deliraba.

Reapareció al cabo de una semana.

Acudía a la madraza, escribía en los cuadernos, aunque también en las mesas. Angelina fue a esperarlo a la salida de clase, pero Alí no se dignó a dirigirle una sola mirada.

Angelina estaba triste, había vuelto a pensar miles de veces en la escena. Era ella quien lo había provocado, haciéndole muecas. Sentía celos de aquel coraje, de aquella inmovilidad de morabito. Ella no habría aguantado ni un segundo siquiera. Por la noche sentía un aguijón en la garganta. Le entraba una tos nerviosa que le arañaba las amígdalas al pensar en el peligro que habían corrido. Soñaba que Alí rodaba por el suelo y que moría sobre la arena devorado por las abejas. Soñaba con aquel cuerpo enjuto hinchado de veneno de picaduras sangrantes.

Después Alí volvió a aparecer por su barrio. Una tarde de principios de verano se presentó en la heladería italiana Polo Norte. Chupaba su cucurucho, los ojos con las gafas fijos en un libro.

—¿Qué lees?

Eran las poesías de Ibn Hazm. Le leyó una.

Desearía rajar mi corazón con un cuchillo, meterte dentro de él y luego volver a cerrar mi pecho...[*]

Tocó por debajo de la tela de los pantalones el cuchillo para las ostras que siempre llevaba consigo. Alí tenía ahora casi trece años, una ligera pelusa le asomaba entre el sudor por encima del labio. Angelina lo miró, se había sonrojado.

---

[*] Traducción de Emilio García Gómez. *(N. del T.)*

Alí era distinto, nunca había sido tímido y ahora lo parecía; parecía temblar como los asfódelos en flor a sus espaldas. Y todo a su alrededor vibraba en una luz anaranjada y difusa, con un sufrimiento propio dentro. Como si un mundo por detrás de ellos se estuviera retirando, retrocediendo hacia algún lugar distinto.

Era la infancia que se retraía. Una nueva fase de intimidad y de vergüenza. En aquella época, Angelina sabía demasiado poco para interpretar el extravío y la tragedia. Empezó a llover, se marcharon corriendo, cada uno a su propia casa. Angelina se detuvo a respirar bajo el árbol del caucho.

Le gustaba la lluvia en Trípoli, era violenta, repentina como sus sentimientos. Angelina dejó que la mojara. Llevaba sandalias blancas, las piernas desnudas, el pelo rizado más claro en las puntas. Sentía algo en su interior, la mano de Alí que la arrancaba de sí misma para introducirla en su corazón árabe, como en el poema.

El día de su marcha, Alí corrió hasta el arco blanco frente a la casa de Angelina. Permaneció mucho tiempo bajo el sol, esperándola. Angelina llevaba un abrigo, el pelo recogido, estirado como no se lo había visto nunca. El padre y la madre también llevaban ropa excesivamente gruesa. Se habían puesto encima todo lo que habían podido. Una forma de previsión. El tiempo había quedado interrumpido y las estaciones que habían de llegar se mezclaban, confundidas como las capas de ropa. Alí pensó que se pasarían todo el viaje sudando.

Ya no volvería a llevar bloques de cera tosca a la cerería de los italianos, su padre no volvería a entretenerse tomando un zumo de naranjas sicilianas con Antonio, ni a jugar al dominó bajo la marquesina de higos, y él no volvería a esperar las piernas de Angelina, sus saltos por las escaleras, su rostro afilado, sus ojos verdes y crueles. Salía de la penumbra, del olor a cera y a cardamomo. Balanceaba una pierna en el hueco del umbral. Lo miraba como un escarabajo al que no se decidía a aplastar solo por pereza. Alí no entraba en la cerería, se quedaba apoyado en la carrocería pulverizada del Ford, fingiendo leer.

Ninguno de los dos quería que el otro se saliera con la suya.

Cuando empezaban a jugar ya era tarde, se había hecho la hora de irse. Habían sido unos idiotas. Se les quedaba dentro una nostalgia incontenible, un grito de injusticia. No había nadie con quien jugaran igual. Como si fueran una sola boca la que cantara, una sola pierna la que saltara. Acompasados como aves en una única estela. Los mismos pensamientos, los mismos movimientos.

El día de la marcha de Angelina, Alí entró en la cerería. La puerta estaba entrecerrada, todo con aire de abandono. El taller parecía una iglesia profanada, con un retrogusto a olores lacustres y apagados. La cera rígida pegada en la mesa, las cajas de cedro tiradas de cualquier manera. Las hojas céreas colgadas de la larga cuerda, desgarradas como banderas de un reino muerto. Como las del rey Idris. Un gato estaba sentado sobre los fuegos apagados, limpiándose el pelo del abdomen con las zarpas abiertas, la cola levantada. Otro bebía en la pila de piedra.

La familia había salido del edificio de al lado, sumisos, silenciosos.

Santa y Antonio se habían despedido del hijo del apicultor con un beso.

La puerta verde de la cerería golpeaba sin control a sus espaldas. Parecían tres personas distintas. Tres pálidas máscaras, carentes de toda expresión conocida, sin relación con la vida que Alí les había visto vivir hasta aquel día. Parecía como si alguien los hubiera matado durante la noche, para rehacerlos de cera después. Vertidos en el molde de sí mismos. Guardaban cierta semejanza, pero ya no eran ellos. Hasta tenían los ojos fijos y embebidos de muerte, como los de las aves disecadas.

No parecían albergar los mismos sentimientos.

Angelina era como si hubiera crecido. Estaba más alta y más torneada con aquel abrigo oscuro de lana abrochado hasta el cuello. Se movía con rigidez, como un muñeco mecánico, como si alguien le hubiera dado instrucciones precisas.

Se comportaba exactamente como una deportada. Una condenada a muerte por un delito inconfesable.

Parecía culpable de algo, al igual que sus padres.

Alí tenía ganas de deshacerse en calientes lágrimas abrazado a ella. Temblaba febricitante, no había dormido, había estado esperándola bajo el sol, bajo el árbol del caucho que habían grabado tantas veces juntos.

Angelina se había quedado inmóvil y petrificada. Le tendió un brazo duro y adulto.

—Adiós, Alí, buena suerte.

Fue la madre quien los empujó a darse un beso. Fue como dárselo a una piedra.

Alí se armó de valor y le puso entre las manos su regalo.

Era un almohadón, usado pero bastante elegante, de un raso rojo oscuro, con orla y bordado con un cordón color oro. Encima había puesto algunos *merguez,* esas salchichitas oscuras que a ella tanto le gustaban.

Quedaban raras las salchichas sobre un almohadón de raso. Debía de ser una declaración de amor, o algo parecido.

No pudiendo arrancarse el corazón del pecho para donársela, había debido conformarse con las salchichas. Angelina se las quedó mirando sin mover un músculo.

Alí la escrutaba por debajo de sus gafas, con esa estúpida cara suya que quería contarle todos sus proyectos. Al cabo de pocos años sería mayor de edad. Iría a Italia, concluiría sus estudios allí, como su primo Mohamed, se casarían. Porque ese era el almohadón de su padre y su madre, el almohadón nupcial.

—Es muy valioso.

No parecía tan valioso. El raso estaba viejo y raído, el cordón ya un poco ennegrecido.

Angelina le dio una fotografía, la mejor que tenía. Se la había hecho el fotógrafo del colegio. Estaba de perfil, miraba a través del cristal de una enorme ventana, envuelta por una luz blanquecina que la hacía más sugestiva. Alí se quedó mirando aquella fotografía con su sonrisa indolente. ¿Qué podían ser un puñado de años para un chico capaz de resistir el asalto de cientos de abejas?

Angelina se metió las salchichas en el bolsillo y el almohadón debajo del abrigo. Parecía una niña embarazada, de un almohadón árabe.

Le hizo compañía durante la larga espera ante los puestos de control. Obligaron a un chico inválido a bajar de la silla de ruedas; tuvo que arrastrarse sobre sus muñones como uno de esos grandes lagartos del desierto que asaban los tuaregs.

Angelina se había puesto a chupar el cordón del almohadón de Alí, a apretarlo entre los dientes que temblaban. Los soldados le ordenaron a gritos que se desabrochara el abrigo. Le arrancaron el almohadón, lo destriparon a golpes de bayoneta. Quién sabe qué pensaban encontrar en aquel cojín sudado, sucio de saliva, chupado por una niña atemorizada. Billetes, joyas, bolsitas de droga, quién lo sabe.

El mar se llenó de plumas pequeñas y grises. Volaron hasta la plataforma del castillo, a la que ella iba nadando con Alí. Había un mero blanco escondido en alguna parte por allí debajo, en aquel fondo marino de arena y algas finas como velos. Angelina se había despedido de él desde el barco, así como de los minaretes, de las grandes palmeras de Corso Sicilia, de la Fortaleza Roja.

Angelina sabe lo que quiere decir volver a empezar.

Darse la vuelta y no ver ya nada, solo mar.

Tus raíces engullidas por el mar, sin ninguna razón aceptable.

Angelina ha aprendido a convivir con la irracionalidad humana. La mera imagen de aquel dictador con turbante y gafas de sol la convertía en alguien ajeno, extraño. ¿Qué cara era esa? Aquel pelo como arañas entintadas.

Durante once años, Angelina fue árabe.

Fue poco antes de la adolescencia. Había sido un tránsito. Una patada en la tripa.

Hay algo en el lugar donde uno nace. No todos lo saben. Solo quien es arrancado a la fuerza de ahí lo sabe.

Un cordón enterrado en la arena.

Un dolor que tira por debajo y te hace odiar todos tus pasos sucesivos.

Pierdes el sentido de la orientación, la estrella que te seguía y que tú seguías en la oscuridad incandescente de aquellas noches nunca del todo negras.

Durante mucho tiempo, Angelina no volvió a saber quién era. Alguien le había dado aquel nombre: tripolina.

Tripolinos. Generaciones de trapos tirados.

Privados de todo, repartidos por campos de prófugos en Campania, en Puglia y en el norte. Las filas ante los váteres con el papel higiénico. Pantuflas en el barro. La pasta en barreños de plástico. Un televisor sobre una silla plegable. Un camping de falsos turistas. La zona de tránsito donde la vida se detiene.

Para los más ancianos resultó imposible la idea de volver a empezar.

Angelina y sus padres fueron afortunados. Los colocaron en una pensión marina.

Un refectorio semienterrado con las paredes verduzcas. Bocadillos en bolsas. La mermelada es un cubo de gelatina color barro. Su padre vuelve a poner la servilleta en un aro de plástico. Son pensionistas que no pagan, el celador les grita que se den prisa. Su madre y ella caminan por la noche hacia el baño común como dos fantasmas.

¿Dónde estaba aquella pensión? Un lugar de veraneo de tres al cuarto, sin vida. Chalés a medio construir. Un destierro para camorristas.

Santa alisa la ropa sobre la cama con una plancha plegable, de viaje.

Antonio está asomado a una rampa de cemento, un garaje. Automóviles que toman siempre la misma curva.

Sus brazos delgados, en la camisa de mangas cortas aguzadas por la plancha, parecen alas quebradas.

Hay una hilera de limones sobre el alféizar de la ventana. Son sus reservas de vitaminas.

Angelina se acuerda de la zona de juegos en la explanada sin árboles. El columpio metálico que no se eleva. El eje basculante con los dos asientos. Angelina dobla y estira las piernas como una rana. Haría falta otro niño al otro lado.

Haría falta la arena en los ojos, en el pelo.

¿Dónde están el café Gambrinus, el cine al aire libre de Trípoli, las fiestas en el Círculo Italia? ¿Dónde están todos sus amigos?

Nadie los saluda, no conocen a nadie.

El hedor de una planta incineradora, de neumáticos que arden. Se van a la cama con aquel olor, que entra en el cuarto. Las reservas de velas aromatizadas se han terminado. Van al supermercado. Compran velas industriales de limoncillo. Santa dice *no hay verdadera cera, solo asquerosidades.*

El padre dice *es transitorio.*

Después el Estado acabó asignándoles una vivienda, en Sicilia al final. Parecía el día de su renacimiento.

Una caja negra. Ventanas con un muro delante. Una zona portuaria, periférica.

Sus padres no llegaron a adaptarse nunca. Comían sardinas en lata mientras veían la televisión. No reconocían nada y nadie los reconocía.

Mudos como estatuas de arena.

Su padre sale a buscar trabajo. Angelina recuerda el gesto de su madre, que lo toca por detrás, le sacude el hombro. Antonio se da la vuelta: *¿qué pasa? ¿Estoy sucio?*

Santa lo acompaña a la puerta. Permanece asomada, mira el hueco oscuro de las escaleras que ascienden. Respira circunspecta el olor de las otras vidas que habitan aquel cráter. Los guisos, los sótanos.

Es como un ratón, aguarda la hora más propicia para salir.

No hay figuras humanas en esa nueva vida, solo formas vociferantes y groseras, sin necesidad alguna de su presencia.

En Trípoli había muchos mendigos, viejos bereberes con la *jallabiya* mugrienta, los botones arrancados. Pero también muchos negros, lisiados, mutilados, huidos de alguna masacre. Santa no los dejaba entrar en la cerería, pero siempre les daba algo. Ropa vieja, una vela para la noche.

Ahora son ellos los pobres. Pobres blancos, evacuados. Tienen los mismos ojos desacreditados de quienes se han perdido.

Tan solo levantan la mirada para buscar confirmación de su propia existencia en los demás cuerpos humanos que pasan por la calle.

Eran los años setenta, encontraron un mundo distraído. A nadie le interesaba su diáspora. Eran la coletilla sucia de una historia colonial que nadie tenía ganas de desenterrar.

El verdadero destierro fue ese, la soledad moral.

Antonio lleva su bolso de plástico negro, repleto de documentos desgastados de tanto esperar en la fila, por las manos que sudan mientras habla. Enseña la hoja que explica su condición de repatriado.

Las caras, desde detrás de las ventanillas, lo miran mal, enervadas.

¿Para qué habéis vuelto? ¿Para robar el trabajo a los demás italianos, a los de verdad, a los que han nacido y se han criado aquí? ¿Para saltar posiciones en las listas de colocación?

A fin de cuentas, se lo habían buscado ellos mismos, y poco importaba si eran los hijos de los campesinos deportados a Libia por la propaganda, empujados por el hambre.

Gadafi había recuperado lo que era suyo. Italia era culpable. Y ellos eran las sobras de esa culpa. Un hatajo menor de desheredados.

Al principio formaron un comité, hablaban con otros italianos expulsados. Pero al final dejaron de tener tratos con nadie. Todo se deshilachó.

Se quedaron solos como monos abrasados por aceite hirviendo. La llaga custodiada en el silencio, en los suspiros.

Santa dejó de luchar. Por alguna parte empezó a sentirse culpable. A parecerlo. No lograba quitarse de encima ese sentimiento de extravío, de minoría. La gente privada de sí misma pierde sus confines, puesta ante el muro llega a confesar un homicidio que no ha cometido. No fueron ellos, desde luego, quienes mataron a los beduinos en los campos de concentración, ellos se limitaron a trabajar, a embellecer Libia, a excavar pozos y alcantarillas. Ellos habían filtrado y refinado kilómetros de cera bendecida por los obispos y por los imanes.

Antonio siempre había estado raquítico, la ropa colgaba de él como de una percha de madera. Santa parecía ahora más frágil que él. Repetía cosas suyas en el silencio. Pensaba en el bebé muerto, que se había quedado solo en el cementerio cristiano de Trípoli. No les había dado tiempo a llevárselo con ellos, no tenían dinero para sobornar a nadie. Meneaba la cabeza como un ave que picotea desde una rama demasiado alejada. Había adelgazado veinte kilos.

Angelina se acuerda de cuando vio el pecho de su madre mientras se lavaba las axilas en el pequeño fregadero junto a la lavadora. Las mamas imponentes reducidas a dos sacos vacíos con dos boquillas violáceas.

Esperaban. La indemnización de los repatriados.

No se hablaba de otra cosa más que de esa indemnización que iba a rehabilitarlos.

Y además, todas esas preguntas reiteradas: ¿por qué no había aceptado Aldo Moro la invitación de Gadafi? ¿Por qué Italia había subestimado tanto el problema? Ocurrió en plena crisis de gobierno, es cierto. Pero ¿es que no pensaban en ellos, en los italianos de Libia? Tenían nombre y apellido, tenían caras y muertos en los cementerios. Como todos esos niños muertos a causa de la epidemia de gastroenteritis.

¿Era este el resarcimiento por el sacrificio de todas aquellas madres?

No se trataba solo de dinero. Querían que les devolvieran un nombre, un lugar. La indemnización era cuestión de dignidad. De sal escupida, de sangre arrebatada.

Levantar la cabeza y poder decir que nuestro país nos ha reembolsado lo que nos debía. Somos víctimas de la historia.

Los años pasaron en aquella lucha vana. Porque se vuelven vanas las palabras repetidas demasiadas veces. Los pensamientos son un gas dañino.

Era la época del terrorismo, de las matanzas negras, de los servicios secretos.

El relato de su éxodo se hacía jirones como una cometa rota por un viento que golpea demasiado fuerte.

Ya solo eran una fotografía, un pequeño comité, una manifestación inútil. Ya solo eran una gran sala de banquetes repleta de supervivientes nostálgicos que comen cuscús en Brianza, en Véneto.

Santa no movía bien un brazo. Un dolor hincado en los huesos.

Iba al psiquiatra del ambulatorio a que le diera algo para no ahogarse por la noche, cuando se ponía boca abajo. Parecía como si una mano se le clavara en el esternón. Plomo sobre el pecho. Los ataúdes devueltos a la patria por los cazas italianos. Y su pequeñín que se había quedado allí, en aquel lugar erradicado.

No lograba enterrar el tormento de esos restos suyos, de su útero, abandonados en el cementerio donde las tumbas que quedaban eran profanadas como afrenta religiosa, para robar alguna cadenita de coral.

Soñaba con trozos de colmenas vacías que flotaban en la cera.

Los ojos de Antonio parecían untados de pomada.

Encontró trabajo en la sección de embalajes de una empresa de muebles de oficina. Luego pasó a administración. Era de lo más honrado, hacía las cuentas durante toda la noche, hasta que le cuadraban. Era una obsesión.

Ante una injusticia o enloqueces, o te ocultas.

Angelina se acuerda de las ropas de la iglesia, de la caridad cristiana. Que olían a otros niños, a otros armarios. Al inicio le gustaban aquellos paquetes que su madre traía a casa, faldas, abrigos apelmazados de otras niñas.

Olía la lana, el fluido de otras vidas pequeñas como la suya.

Olor a cerrado, a naftalina, a sobras.

Y no tardó en sobrevenirle el asco. Como las mareas de aquel mar negro, de desagües industriales delante de los edificios de viviendas. Prefería incluso cualquier trapo del mercadillo con tal de que oliera a plástico, a nuevo.

Estaba acostumbrada a la libertad, al calor infinito, al parque con palmeras seculares, grandes pilones de piedra, al olor profundo y embriagador del zoco, de las almendras tostadas, de los buñuelos, de los infinitos aromas del café.

Saltaba rebelde, tambaleante. Su madre procuraba que se pareciera a las demás, a las niñas italianas nacidas en Italia. Angelina miraba a su alrededor. También a ella le hubiera gustado parecerse a algo, a alguien.

Buscaba un punto fijo en el cielo. Una estrella árabe que acaso la hubiera seguido.

Por detrás de los cristales de la clase ya no había palmeras ni aves coloradas. Solo revoque plúmbeo, grúas de la construcción de viviendas sociales.

En el colegio nadie se le acercaba. Todos se conocían ya. Le miraban las piernas sin medias. Angelina llevaba sandalias hasta Navidad, no tenía nunca frío en los pies. Nadie sabía nada de Trípoli. Hasta los profesores la miraban como a una extranjera, de lejos.

Los compañeros la llamaban «la Africana». *Apestas a camello,* le decían. Era un colegio de la periferia, de gente degradada que no sabía acercarse al prójimo más que de mala manera. Como razas diversas en la sabana. Los mismos pasos en círculo de las hienas cuando se deslizan hacia su hambre llena de miedo. Angelina intentó adaptarse. Quedó excluida de forma natural, sin verdadera maldad.

Hizo de su alienación una aventura.

Inventaba, contaba historias de leones, de niños despedazados, de maléficos tuaregs. Trípoli era un sitio temible donde ella había podido sobrevivir gracias a mil astucias. Se ganó un poco de respeto.

Era el idioma lo que los separaba. Ella desconocía el dialecto siciliano, tan solo hablaba el florido italiano del colegio italiano de Trípoli.

Volvía a casa sola. Y el trozo de calle se le hacía realmente largo entre aquel cemento y aquel hedor a mar mediocre, sin un soplo bueno de asfódelo o de algarrobo, sin un alma amiga.

Pensaba en Alí. En su corazón, en el cuchillo para las ostras que llevaba en el bolsillo. Algún día vendría a buscarla, se casarían. Regresarían a Trípoli. Casándose con un árabe podría hacerlo. Alí sería ya rico, era inteligente y valeroso. Tenía trece años y un buen montón de dinero ahorrado ya. Podrían volver a comprarse la cerería. Su madre volvería otra vez a cantar ante aquella masa del color del silencio, su padre a retorcer velas para el Ramadán y para Navidad.

Pensaba tan solo en eso. En devolver su vida a aquel momento.

A aquel momento en el que había quedado interrumpida.

Se trataba de unir dos márgenes de tierra, dos márgenes de tiempo.

En medio estaba el mar.

Se ponía higos abiertos sobre los ojos para acordarse de aquel sabor a dulce y a cítrico. Veía rojo a través de esas semillas. Buscaba el corazón de su mundo abandonado.

Cada vez que entraba en el agua nadaba hacia mar adentro.

Crecía, se llevaba los libros a la playa negra, minerista.

Se metía en el agua durante horas. Nadaba hasta el silencio, donde nada ni nadie podía alcanzarla. Se acordaba de la forma de nadar que tenía Alí, como una gaviota que se ahoga.

Miraba hacia atrás, hacia la orilla, hacia aquella ciudad industrial, sin ocaso. Parecía un dibujo de la muerte, del mundo tras el fin del mundo. Ninguna voz, solo humo de chimeneas.

Se sumergía en el fondo, cruzaba sin temor los bancos de algas, fúnebres y viscosas como brazos enterrados. Tenía unas largas aletas azules con llamas anaranjadas. Pensaba en llegar a Trípoli a nado. En salir del agua medio pez y medio mujer, como en el cuento de la sirenita, en quedarse en los alrededores de la ciudad de los algarrobos y de la cal cantando su melodía clandestina.

Vito mira el mar, las hermosas aguas de la isla, turquesas como en África, la costa con sus ensenadas de musgos marinos, como brazos de un enorme sillón de terciopelo verde metido en el agua para un gigante que escruta el horizonte y organiza el mundo, sus flujos.

Vito ha pensado alguna vez en el gigante que organiza el mundo. Se ha preguntado si estará hecho de personas, de muchas personas unas encima de las otras. Y si será él una de esas personas minúsculas pero decisivas.

Es a lo que un chico debería aspirar, a participar en la organización del mundo. Él siempre ha sido un estudiante en fuga, y no solo del colegio. De toda forma de aprendizaje.

Agacha la cabeza. Se avergüenza de estas ambiciones repentinas. No hará nada bueno, nada memorable. Es más fácil que sea eso lo que ocurra, que su vida pase inadvertida. El sol vacila en el horizonte cenagoso de calor. Vito siente el peso de su destino en aquella ciénaga, camina delante de él blandamente. Debería aferrarlo. ¿Es eso lo que debería hacer? Dar un salto. Pero ¿cómo puedes saber el destino que te espera? Nadie te ha guardado en un sobre la respuesta.

¿Por qué no se tira al agua y se da un buen baño?

Este año el mar no le apetece mucho.

Su madre le ha hablado de esos baños infinitos durante su adolescencia. Era el único lugar amigo, el único que tenía un sabor y un olor conocidos.

Dice que el mar la salvó. Podía haberla matado, porque más de una vez nadó hasta que se hizo de noche sin ahorrar fuerzas y volvió a la orilla por el mar negro con el cuerpo temblando de hipotermia y no bastaban diez mantas para calmarlo.

Pero sin el mar ella no habría sabido de ninguna forma dónde ir a digerir el vacío.

Vito mira el mar.

Su madre ya no se baña. Ciertas veces flota un rato en el agua, luego se retira, con la toalla alrededor del vientre, el bañador de una pieza.

Son los únicos baños que le gustan, los de una muerta que mira el cielo. Dice que piensa, que siente la superficie que se ensancha con ella encima. Es una hermosa sensación, eso dice.

Después Angelina se adaptó al nuevo mundo. Fue al instituto, hizo el amor por primera vez. Se puso la espiral y se olvidó de Alí y de su infancia árabe. Eran los coletazos de los años setenta. Se vistió con el uniforme desaliñado de aquella insurrección, jerséis anchos, zuecos negros. La bolsa de cuerda repleta de libros, el símbolo de la mujer en la frente. Durante las manifestaciones estudiantiles gritaba como una desquiciada. Con su cara de mona aplastada, los puños cerrados. Por fin su rabia había encontrado el proscenio de una generación entera de jóvenes.

Y no pudo soportar más el destierro de sus padres, aquella crecida de recuerdos tripolinos. Había un mundo que avanzaba, y que ella iba a cruzar para intentar hacerlo un poco mejor. Se producían injusticias sociales, muertos en el trabajo, matanzas de inocentes en todo el mundo. No existía tan solo su herida.

Se creó aquel muro.

Ya no soportaba el olor de aquella casa amordazada de nostalgia. Gente derrotada que no dejaba de recriminar el robo sufrido. Su padre, que recortaba de los periódicos todos los artículos sobre Libia, sobre su aventura decadente.

Tenían parientes en Catania, iban a verlos un par de veces al año. Angelina había entablado amistad con sus primos. Santa y Antonio sonreían, se tomaban una *cassata* de limón, pero parecían dos deportados. Fingían hablar de otras cosas. Pero no estaban interesados. Se sentaban juntos, callados, ella con el bolso sobre las piernas, él con una mano en el bolsillo dejando resbalar las monedas de diez liras. No veían la hora de irse.

Querían volver a su destierro. Allí donde eran libres de quejarse, de añorar eternamente.

Angelina comenzó a huir, a irse dando un portazo.

Entre tanto, seguía estudiando. Ahora conocía la verdadera historia del colonialismo italiano. Ellos habían sido deportados, exportados junto a las columnas romanas, a las águilas y a las llamas de aquel imperio agonizante.

Antonio era un moderado, votaba por el partido republicano de La Malfa.

Sin embargo, había una culpa subyacente. Detrás no estaban solo la arena finísima, aquellos paisajes infinitamente puros de dunas y oasis.

Hubo tribunales itinerantes, aviones que aterrizaban en el desierto y después de procesos sumarios mataban a montones de personas. Hubo aquel árbol de Navidad en el periódico *Avanti!*, en vez de bolas y guirnaldas, beduinos ahorcados.

Vito mira el mar.

Una vez su madre se lo dijo. Bajo la planta del pie de cada civilización occidental hay una llaga, una culpa colectiva.

La madre no ama a quien se profesa inocente.

Es de esas personas que quieren asumir la responsabilidad de las cosas. Vito cree que es una forma de presunción.

Angelina dice que ella no es inocente. Dice que ningún pueblo que ha colonizado a otro pueblo es inocente.

Dice que ya no quiere nadar en un mar donde se hunden las barcazas.

No hay nada peor que una vieja dinamitera. Sigue colocando mechas en tus pensamientos.

No hay nada peor que una madre atípica. Una que no se parece a ninguna otra madre, una que no lleva nunca zapatos cerrados, que tiene un bolso sin nada dentro, los cigarrillos, las llaves de casa, diez euros. Un móvil que no usa nunca. Un bolso sin milagros, como su vida.

Algún día, Vito se irá de su lado. Han vivido siempre ellos dos solos. La luz encendida en casa era de ella, de nadie más. Los libros abiertos sobre el sofá. Como una eterna estudiante. Desde que cumplió los cincuenta ha ido empequeñeciéndose. Es él quien le dice mantente erguida, no te encorves. Es él quien le dice que deje de fumar.

Pero ella se encoge de hombros, dice que también Falcone y Borsellino fumaban y no han muerto de eso.

Dice a menudo cosas así, absurdas, que se quedan hablando en el silencio.

Que cuentan su visión del mundo, amarga pero viva.

Algún día, él se irá. Ella no parece tener miedo a ese día. Al contrario, le gustaría que se fuera a estudiar al extranjero.

Italia ha dejado de gustarle. Y, sin embargo, sigue dando clases de italiano a los chicos de primer ciclo de secundaria, sin faltar ni un solo día.

Sus viejos estudiantes vienen a visitarla, la abrazan, ahogándose contra ella. Ella les prepara el café, los observa crecidos.

De pequeño, cuando realizaban la travesía para llegar a la isla, Vito se mareaba. Se volvía verduzco. Angelina le sujetaba la frente con una de sus manos, siempre frescas. Le decía que buscara un punto fijo y que no apartara la vista de él.

Si lo piensa bien, Vito puede sentir de nuevo aquel malestar, el estómago patas arriba, que se le revuelve, como una bolsa de nailon azotada por la resaca. Puede sentir todavía aquella mano fresca que lo sostenía y le señalaba el punto fijo que había de mirar.

Busca un punto fijo en el horizonte.

Algo que lo ayude a superar esa angustia que ahora lo asalta, de la nada, por la mañana, en cuanto abre los ojos y su primer pensamiento es: ¿para qué voy a levantarme de la cama?

Vito mira el mar. Como una red que se lanza y trae de vuelta algo. Piensa en su madre. Tuvo un cáncer de mama. Se operó y volvió a casa, sin más consecuencias. Ni se le alteró la expresión de la cara. Vito no es que se mostrara muy amable, más bien fue bastante grosero. Le arrancó el paquete de cigarrillos, los hizo pedazos. Angelina le mordió la mano.

Pero quién se creerá ella que es.

Después el mar de Angelina acabó por cerrarse.

Se casó, con un siciliano normando, rubio con pecas. Un experto en derecho civil que defendía a putas y a menores de la zona degradada de San Berillo. Angelina había empezado con las suplencias en el colegio. Nació Vito. Se separó. Su exmarido ayudaba ahora a los cataneses ricos a divorciarse en las mejores condiciones.

Y un día, de repente, cayó el veto. Si querían podían volver a Trípoli con un sencillo visado, como un turista cualquiera.

El siete de octubre, el Día de la Venganza, que conmemoraba la expulsión de los asesinos italianos de la *Jamahiriyya* del *rais,* fue rebautizado con nocturnidad como el Día de la Amistad. Ahora Gadafi era amigo de Berlusconi y de Italia. Venía de visita con sus amazonas y sus babuchas de raso. Champán bajo la tienda beduina. Del terrorismo, de los aviones hechos trizas en pleno vuelo, ni una sola palabra. Fue el primer gobernante árabe en condenar el ataque contra las Torres Gemelas. El actor de los mil rostros buscaba ahora un nuevo papel de mediador en el Mediterráneo. A Angelina le había entrado la risa: *confía en obtener el Nobel de la Paz.*

Mientras limpia las nabizas, la abuela Santa susurra *la historia es un ciempiés y cada pata tira hacia un lado distinto, y en medio está nuestro cuerpo.*

El abuelo Antonio ya había muerto, sin poder volver a ver Trípoli, aunque soñando con la ciudad. Soñando con un muro blanco, con el café de Corso Sicilia, donde iba a jugar al billar. Había hecho que le trajeran un té a la menta, de ese falso del supermercado.

—Mamá, quiero que vayamos.

Fue Vito quien la arrastró hacia atrás.

Estaba cansado de aquella historia rota.

De ese modo habían vuelto Angelina, su madre y Vito, que no había estado nunca allí.

Antes se dio una vuelta con Google Earth. Había visto Trípoli con el ratón.

Angelina no se había acercado al ordenador.

Durante días no cambió de cara, con los hombros encogidos, ausente, paralizada por los pensamientos.

Estaba nerviosa, como carne enjaulada. Metía y sacaba cosas del bolso. Hablaba solo del clima que iban a encontrarse, del desinfectante intestinal que era conveniente llevar en caso de cagalera de comino.

Quién sabe cuánto había esperado aquel momento y ahora que había llegado parecía desinteresada, expeditiva, como alguien que debe hacerse una pequeña intervención quirúrgica aplazada varias veces pero necesaria. Sí, la misma calma nerviosa de cuando había ido de excursión al hospital para quitarse el nódulo de la mama y se había quedado sobre la camilla vestida hasta el último momento, sin decidirse a cambiarse, a ponerse la bata de enferma.

La resolución autista de quien se bate sola consigo misma y no cambia de muro.

Al final partió en zapatillas, como quien se va a la playa a pasar el día.

La abuela Santa parecía una niña el día de los *cannalore* de Sant'Agata,* con un vestido blanco, zapatos nuevos comprados en la farmacia.

Tomaron un vuelo de Libyan Airlines.

La abuela se había asomado por la ventanilla sucia para escrutar lo de abajo.

Era la primera vez que veían desde el cielo *aquel* mar. Sin sentir el sabor, las salpicaduras, la angustia. Sin miedo a ahogarse.

Era extraño aquel estancamiento, aquella cabina presurizada que atravesaba inmóvil el mar de sus vidas.

Lo primero que vieron desde lo alto fueron los campos cultivados por los italianos en el desierto que rodeaba Trípoli, una geometría de parcelas ordenadas. Un dócil dibujo. Aquello

---

* En las fiestas en honor de la patrona de la ciudad de Catania, Santa Ágata, se celebra una tradicional procesión de pasos, cada uno de los cuales transporta un gigantesco cirio o *cannalore*. (N. del T.)

había sido la mejor herencia. El trabajo de miles de brazos. Los campos de cítricos, de olivos, los muros de agaves para defenderse del horizonte móvil de las dunas.

No llevaban equipaje y, sin embargo, era como si no quisieran salir del aeropuerto. Se encerraron en el baño. La abuela tenía la vejiga hinchada, la madre se lavó la cara, salió con la camiseta mojada, el pelo pegado a las sienes.

Vito se dio cuenta de que había envejecido. Fue un pensamiento que le causó dolor. Luego volvería a ser joven, pero en aquel momento él vio en lo que acabaría convirtiéndose.

El aire era el del mar, el de las ciudades que se despliegan por la costa árabe, planas, restregadas por el viento que entra y sale. Las construcciones filiformes de los minaretes, los edificios entre las palmeras seculares. Vito estaba contento del viaje. Cogieron un taxi. Se advertía la riqueza del petróleo. Carreteras de asfalto de varios carriles hendían el desierto, Toyotas relucientes conducidos con arrogancia, que hacían bruscos cambios de sentido, cruzaban las rotondas en dirección prohibida, como si nada.

El taxi se detuvo en el paseo marítimo de los Bastiones.

La abuela Santa alargó el cuello, puso cierta expresión de mareo, se estiró como un ave gris. La hija la ayudó a bajar de los asientos pegajosos de sudor.

Parecían dos recién desembarcadas de una astronave. Los primeros pasos sin gravedad. Como si no fueran capaces de apoyar los pies siquiera.

Angelina se encendió un cigarrillo, se puso las grandes gafas oscuras. Echó una mirada sesgada, rápida como un hurto. Luego comenzó a avanzar. Como un artificiero en el desierto.

Sus ojos inmóviles intentaban captar lo más posible en su campo visual. Enfocaban violentamente los cambios para no dejar que la hirieran en exceso.

La vieja medina circundada por edificios nuevos. Las calles cubiertas de polvo. La Feria de Muestras, que había permanecido intacta. Las fosas nasales ensanchadas, inhalando. El olor de Trípoli. Perseguía el tiempo devorado como quien olfatea una fuga de gas. Y realmente daba la impresión de que iba a estallar algo. Se volvió hacia el mar.

La arena... ¿Dónde está la arena?

Su playa cerca del castillo ya no existía. El paseo marítimo era un inmenso aparcamiento.

De repente estalló en carcajadas, como una demente.

Un gato había pasado a su lado. Una criatura circunspecta y absorta como ella, que le había hecho cosquillas en una pierna. Uno de esos gatos blandos, tal vez en celo, que se dejan tocar, poniéndose boca arriba. Con las orejas arrancadas y el pelaje rojizo. Empezó a restregarse contra el asfalto, con las cuatro patas hacia el cielo. Angelina se agachó para acariciarle el vientre claro. El gato encendió el motor del ronroneo. Lo cogió en brazos. Le besó el hocico, como a un bebé perfumado. Parecía no querer soltarlo. Vito sonrió, también a él le gustaban los animales. Sin embargo, había algo extraño en la vehemencia repentina de su madre hacia aquel vagabundo. Como si hubiera vuelto a Trípoli tan solo para reencontrarse con aquel gato enfermo, herido. Cuando se levantó, sin embargo, parecía curada, se puso las gafas de sol sobre la cabeza, miró con los ojos desnudos la ciudad. Miró a Santa.

Te acuerdas, mamá, de todos aquellos gatos cuando nos fuimos...

La abuela había recorrido todo Corso Sicilia sin decir media palabra, tambaleándose. Se había sentado sobre la acera, debajo de una palmera, y Vito pensó *eso es, se ha sentado al fondo de su vida*. Había hecho una profunda inspiración que el viento había engullido. Una inspiración dura, satisfecha, como una cuchilla que se clava y alcanza un órgano vital.

Muchas construcciones del centro histórico estaban intactas. Si acaso, tan solo algo más pequeñas y sucias que en la memoria. Otras, en cambio, habían sido eliminadas completamente, sumergidas por los estratos de las arquitecturas, de las vidas. El viejo cementerio judío había desaparecido, enterrado por extravagantes rascacielos en forma de armónica apoyados sobre palafitos de cemento.

Vamos a tomarnos un helado, una limonada.
La madre había cogido de la mano, retorcida y vieja, a la abuela. Y debía de ser la misma imagen de cuarenta años antes, cuando era la abuela la que arrastraba a la pequeña Angelina hacia la Catedral, hacia la heladería Polo Norte.

Reinaba una gran confusión en las calles: coches, bicicletas, vendedores ambulantes. Y, sin embargo, ellos se movían en una geometría circunscrita. Ahora estaban más alegres. Dos perros de caza en busca de un olor, del rastro justo de la sangre. Con las cabezas levantadas, espantaban los ruidos de la ciudad, los nuevos edificios de los bancos, de los hoteles para los congresos. Buscaban su ciudad, cerrada desde hacía demasiado tiempo. Sobrepasando surcos y escollos de una topografía interior. Las boutiques tenían un aspecto bastante miserable, maniquíes viejos, al igual que los vestidos, pasados de moda. En el mercado, junto a las bolsas de camello, montones de falsos Louis Vuitton. Efigies del *rais* en cada esquina de calle.

Vito había estado en Nueva York con su padre el año anterior. Un viaje entre hombres, ellos dos y el nuevo hijo de su padre, quien, a diferencia de Vito, estaba gordo y siempre quería comer y beber y chupar algo. Sin embargo, tocaba el violín de manera notablemente prodigiosa. Habían dormido en un cuarto de tres camas delante del Hudson. Una de esas vacaciones breves y siempre frenéticas, fotografiando todo antes de haberlo visto.

Vito quería ir a la Zona Cero. Era lo que más le interesaba. Como todos, se acordaba exactamente de dónde se encontraba aquel día de septiembre. Estaba solo con su abuela, su madre tenía una reunión en el colegio. Sus padres acababan de separarse. Se puso a pensar en el fin del mundo. Estuvo aguardando delante de la ventana al avión que habría de estrellarse contra su edificio.

En la Zona Cero se quedó mirando el inmenso espacio negro de las obras. Había muchos turistas pegados a los cordones de seguridad, fotografiaban, comentaban.

Vito no hizo intención de coger el móvil, ni el menor gesto. Se había imaginado aquel cráter en la ciudad, pero verlo era muy distinto.

Era realmente el fin del mundo. Todo estaba bastante limpio. Habían pasado años. Y sin embargo, todo estaba allí. En el inmenso vacío negro.

Vito había visto las historias en la televisión, la gente que intentaba reconocer un cuerpo que caía por un fotograma. De un hombre eternamente quieto cabeza abajo.

El hijo de su padre montaba jaleo. Era su hermano, de acuerdo, pero lo era a medias, vivía con otra madre y tenían mucho más dinero que ellos.

Se había sentido increíblemente solo.

Como aquel día, cuando las torres caídas eran sus padres.

Consiguió reprimir su mal humor. Fueron a Central Park, caminaron alrededor del lago. Él no podía apartar de sus ojos aquel gran lago incendiado, pocas manzanas más allá. Por la noche, no quiso jugar a los superhéroes en la mesa de Joe Allen con su hermano. Su padre se había enfadado con él y él se había enfadado con su padre. Se quedó toda la noche con el ordenador pegado a las rodillas delante de la ventana, con el *skyline* mutilado de las dos torres. En otros tiempos, él tuvo una familia. Ahora solo tenía incertidumbres y el dinero que su padre le pasaba de vez en cuando, para el iPod, para ropa. Llegó a fantasear con romper el cristal que llegaba hasta el suelo y tirarse. Pero, como es natural, debía de ser de esos blindados.

Esas sensaciones se le habían quedado dentro, el hedor a quemado de su Zona Cero. Se dio cuenta en Trípoli. Porque de la nada, ante un estrechamiento que olía a café y a especias picantes y que tal vez le recordara el hedor multiétnico de

Nueva York, se percató de que el ansia volvía a ascender y salía. Exactamente como humo que se exhala y se aleja, dispersándose.

Trípoli era su nivel cero, su memoria arrasada hasta los cimientos, derretida.

Su padre decía que Angelina nunca había dejado de ser una exiliada. Una persona que solo espera volver a marcharse. Y que también su matrimonio había sido una residencia forzada.

Su padre está tan cortado por el sastre como sus chaquetas de abogado, se escabulle siempre tras un río de palabras que enguachinan la vida, la diluyen, hasta volverla poco incisiva. Su madre es exactamente lo contrario, incapaz de ser otra cosa que ella misma. No lleva ropas elegantes, ni siquiera lleva sujetador. Vito entiende ahora el divorcio de su padre. Ciertas veces, él mismo se siente también metido en una trampa. Angelina es capaz de quedarse callada días y días. No le lanza reproches. Sencillamente, lo hace todo en silencio, como Gandhi. Deja notitas. Ha nacido para ser una solterona. Una escaladora solitaria.

Una vez, en una de esas notitas, escribió: *romper el muro emotivo.* ¿Era una indicación para él o para ella misma? Vito estrujó aquella nota como las demás.

En aquellos días en Trípoli, Vito entendió muchas cosas de ella y de su mal de África. Un mal menor, caduco, hecho de ataques que acaban diluyéndose como las fiebres de la malaria. Lo que queda después son esos ojos de cristal heridos, la lengua dolorida, incapaz de hablar. Como si hubiera sido mordida desde dentro, por un animal oculto. Ahora el animal había salido, suntuoso, voraz.

Vito vio a su madre moviendo las caderas y la tripa de otra forma, como si hubiera adoptado el latido de aquel mar de allí, de aquellas olas largas, filamentosas. Del chico que tocaba el *oud* junto a la fuente de la Gacela. Hasta se quitó las zapatillas, para llevarlas en la mano y ennegrecerse los talones, como un motivo de orgullo.

Había hecho la biopsia a la ciudad. Había analizado todo lo malo que había remplazado a las cosas hermosas desaparecidas, y ahora disfrutaba de aquella mutilación. Como cuando se había repuesto del cáncer.

La abuela avanzaba como una muerta viviente por el calvario de aquella restitución, demasiado repentina como para no ser violenta. Angelina la sostenía.

Se habían sumergido en el cedazo de los recuerdos, intimidadas al principio, luego casi enloquecidas. Revoloteando entre la rabia y la alegría. Con el pelo desordenado, los ojos invadidos por los destellos, donde parecía reflejarse el miedo de toda aquella época y de tanta hambre.

De todos los pesqueros que llegaron y de los que se ahogaron en las tormentas. Ojos bereberes, de verdad. Que socavaban en la profundidad de las cosas robadas y nunca restituidas.

La abuela se iba volviendo cada vez más atrevida. Ahora no notaba ya los dolores de la artritis, de los clavos, era todo agilidad y astucia. Se metió en una entreplanta bajo los soportales otomanos: *aquí estaba la cocina de Ahmed y Concetta, ¿te acuerdas? Las empanadillas de crema y berenjenas... la carne especiada entre hojas de vid...* Luego los viejos palacios fascistas... *y aquí vivía el barbero, ¿te acuerdas? Ibas a montar a caballo con su hija...*

La iglesia de la Madonna de la Guardia ahora era un gimnasio y la catedral, una mezquita. Luego, la plaza del Castillo y la plaza de Italia, unidas para hacer la gran plaza Verde del *rais.*

Cruzaron el puente del ferrocarril, en dirección a las Casas Obreras.

Su barrio era irreconocible. Lo nuevo había adoquinado lo viejo. Resultaba realmente difícil orientarse. La casa debía de estar por ahí, donde ahora se levantaba un edificio de estructura metálica. También el taller de las velas se había ahogado por alguna parte, allí debajo. La abuela deambulaba en trance, murmurando a las piedras, como un zahorí que interroga la tierra.

Vito pensó de nuevo en la Zona Cero. En lo que iba a surgir allí. En el hecho de que algún día nadie sería consciente de cuanto había ocurrido.

Más tarde fueron al cementerio de Hammangi. Sacos de basuras que languidecían bajo el sol, somieres abandonados. Ahora allí se enterraba a los nuevos extranjeros, chinos, egipcios. El viejo cementerio cristiano había recobrado vida. La sección italiana era una especie de zona en obras. Paredes enteras de nichos destripados, estanterías tras estanterías como en una biblioteca vacía. Pasaron junto a las tumbas abandonadas de soldados desconocidos y al mausoleo marmóreo de Italo Balbo, este también vacío.

Llegaron a la zona de los niños. Todos los muertos durante la epidemia de gastroenteritis y los demás.

La abuela Santa empezó a buscar a su bebé muerto cincuenta años atrás. Se puso las gafas, arrimó una escalerilla para leer los nombres más en alto. Se adentró en cada hendidura, rebuscando entre aquellos restos con familiaridad, como en el mercado cuando escogía la verdura y la fruta, apartando las cajas, rebuscando por debajo. Como si fuera una práctica acostumbrada. Cuando, en cambio, era todo de lo más irreal. Agujeros sucios, habitados por ratas. Las familias más ricas habían podido repatriar a sus seres queridos, a ellos les faltó el dinero para aspirar a nada. Pero ahora, en su vejez,

Santa ya no se acordaba bien. En cierta manera, había acomodado sus souvenires líbicos. Ahora decía que lo mejor había sido haber dejado los restos del pequeño Vito en Trípoli, donde había nacido y vivido tan poco.

Vito estaba inquieto. Un eructo duro, al subir, le hizo daño en la garganta. Se hubiera alegrado por su abuela, pero en lo referente a él, no le hacía ninguna gracia leer su nombre en una lápida. Angelina vagó por la parte opuesta, sus recuerdos no coincidían con los de su madre. Se detuvo, enojada.

¿Qué haces? ¡No es por ahí!, gritaba la abuela.

Se peleó con su hija, tuvieron una discusión absurda en aquel cementerio. Chillando como en el mercado. Se reprocharon cosas viejas, podridas, que daban risa. Acabaron exhaustas. Luego todo terminó como de costumbre, Angelina cogió del brazo a su madre, secundó aquella marea.

El cementerio cristiano había sido profanado en diversas ocasiones y los restos humanos usados en macabros rituales. Buscaron hasta el anochecer. Por alguna parte había un gran árbol, cuyas raíces se insinuaban entre las tumbas. Tal vez el recién nacido hubiera nutrido aquella planta secular. Fue la mejor ocurrencia que tuvieron.

Luego su abuela se echó a llorar. Su rostro anciano se puso a navegar y parecía no querer secarse nunca más. Fue una escena horrible para Vito. Pensó que era increíblemente injusto ver llorar a un viejo. Más injusto que cualquier otra cosa en el mundo.

Se había traído un ramo de girasoles, que durante el trayecto se había ajado. No sabía qué hacer con ellos. Se agachó y depositó en una esquina lo que quedaba, un matojo de ojos amarillentos que parecían extirpados de manidos muñecos.

Antes de volver al hotel deambularon por el zoco. Los batidores de cobre, la henna roja, los dátiles negros, las especias. Ahora eran de verdad almas extirpadas. Angelina se dejaba arrastrar por la multitud, sacudida como un trapo, coloreada por un velo azul que se había comprado para entrar en la mezquita Dorghut.

Solo entonces entendió Vito lo que quería decir su abuelo Antonio cuando afirmaba que *la historia del hombre es la historia de su hambre.* De hambrientos que se desplazan. Es el hambre de los pobres, de los colonos, de los prófugos. Es el hambre ávida de los poderosos.

Vito se dio un atracón de cuscús especiado.

Al día siguiente reclutaron a un joven guía, Namek, un estudiante universitario que parecía mucho más joven de los veintidós años que decía tener. Para Vito supuso una distracción. Un chico con el que poder hablar. Namek era simpático y algo alocado. Sentía pasión por el arte y por la escalada. Fueron de excursión a aldeas bereberes y excavaciones arqueológicas, hasta Leptis Magna, hasta el mar.

Pasaron junto a pequeñas localidades rurales italianas. Soportales que se abrían al vacío, edificios marcados en rojo para su demolición, una estación ferroviaria muerta. La abuela dijo *¿quién te resarce de lo que te han robado? Teníamos olivares y amigos. Teníamos una historia.*

Hasta poco antes de marcharse no se puso su madre a seguir las huellas de Alí. Encontró el árbol del caucho bajo el que se veían, reducido a un tronco viejo y retorcido, enfermo de ampollas duras y oscuras. Encontró la vieja casa de ladrillos harinosos fuera de la ciudad.

De las colmenas de las abejas y de lo demás, ni rastro, el lugar estaba abandonado. Una puerta de tablones podridos y arrancados, inútilmente atrancada por un cerrojo herrumbroso. Se entreveía un interior oscuro como un establo, manchas de mayólicas caídas sobre las paredes resquebrajadas, por las que se filtraba la luz del exterior. Higueras crecidas por doquier y un techo derrumbado que ya no era más que un refugio para las aves.

En una explanada arenosa unos niños jugaban a la pelota. Angelina interrogó a una vieja embutida en un barragán de lana que envolvía pólvora de petardos para el Mawlid, el cumpleaños del profeta, sentada sobre un asiento de automóvil en medio de los campos quemados.

Era la primera vez que Vito oía hablar árabe a su madre. Era una voz distinta de la habitual, parecía salir de otra garganta. La vieja meneó la cabeza, el viejo apicultor Gazel había muerto hacía mucho. Alí vivía en el centro, en la zona protegida.

Fue Namek quien los condujo hasta aquel edificio de la vieja Trípoli judía. Pero no quiso seguirlos bajo los arcos, por las escaleras. Meneó la cabeza, dijo que prefería esperarlos en el bar de las sombrillas abiertas detrás de la Torre del Reloj.

Había uno de esos visores metálicos en la puerta oscura, oyeron trajín en el interior y se sintieron espiados. Angelina tosió, se atusó el pelo con la vista puesta en la mirilla. Luego se abrió la puerta y apareció una voz tras un trozo de nariz en el resquicio de la hoja bloqueada por una cadenilla.

La mujer que los hizo pasar era muy corpulenta, con un velo puesto de cualquier manera, que debía de haberse colocado rápidamente alrededor de la cabeza. Los condujo hasta un salón de techos altos y decorados. Dos grandes ventanales con las hojas entreabiertas daban a la calle. De la mezquita de al lado llegaba el chillido del almuecín para la plegaria del mediodía. El mobiliario moderno y de mal gusto desentonaba con el ambiente. Muebles plastificados, sofás de piel con brazos enormes.

Vito y su madre fueron invitados a sentarse. Otra mujer más joven trajo una bandeja de bebidas gaseosas y coloridas. Falsa naranjada, falsa Coca-cola.

Aguardaron casi una hora mirando la pantalla apagada de un inmenso televisor de plasma colocado sobre una mesita de vidrio junto a una planta ornamental. Por la puerta se asomaban de vez en cuando algunos niños de diversas edades que no llegaban nunca a cruzar el umbral.

Finalmente apareció Alí. Iba vestido elegantemente, pero no parecía venir de la calle, y Vito no entendió por qué los había hecho esperar tanto. Era un hombre guapo, alto y sin un gramo de grasa, con todo el pelo y grandes bigotes negros bajo las gafas. Llevaba una sahariana y mocasines veraniegos de color cobre.

Tendió la mano a Angelina.

No se sentó en los sofás con ellos sino en una silla de respaldo alto y rígido, cruzando las piernas largas y filiformes.

Hablaba un buen italiano.

Se mostró amable pero mantuvo un tono firme. Dos arrugas duras como cortes sobre las mejillas socavadas. Una voz persuasiva y profunda, amasada de melancolía. En determinado momento, dijo algo en árabe que Vito no entendió y que le dio toda la impresión de ser un reclamo.

Vito vio a su madre empequeñecerse en el sofá. No lograba dar con la posición adecuada, se hundía demasiado, de manera que debía erguirse de forma poco natural.

Alí ahora ya no tamborileaba con la mano, miraba a Angelina directamente a los ojos. Recordaron los viejos tiempos, las zambullidas desde la plataforma del castillo.

Angelina no le preguntó por qué no había mantenido su promesa. Por su parte, ella también se había olvidado de él.

Aunque tal vez nunca del todo.

Fue lo que Vito pensó, mirándola.

Se irritó. Pensó que si Gadafi los hubiera dejado crecer en la misma orilla él no habría llegado a nacer, su madre se habría ido de paseo entre pozos petrolíferos y rascacielos en el desierto, montada en uno de esos jeeps color barro, los ojos maquillados de bistre y de kohl, junto a aquel árabe con cara de cuero.

Exhalaba un perfume violento, de sándalo y algo más. Que a Vito no le gustaba en absoluto.

Debía de ser muy rico. La casa tenía una extraña atmósfera, tal vez porque la luz se filtraba poco. Parecía una especie de mausoleo.

Cuando se acordaron del episodio de las abejas, Alí se puso de pie, extendió los brazos como entonces, como un espantapájaros del desierto.

Angelina sonrió, levantó una mano.

—¿Cuántos dedos tengo?

También Alí sonrió, con una cierta tristeza, sin embargo. Dijo que ahora tenía unas buenas gafas, con puntos focales distintos en las mismas lentes.

Se quitó las gafas, se restregó las ojeras en los huesos cóncavos, tan visibles como los de una calavera. Miró a Angelina.

—Ahora ya no puedo permitirme no ver de lejos.

Tenía maneras afables, largas manos corteses. Cruzaba las piernas distraídamente, olvidándose un pie, aquel mocasín sin tacón, de color cobre.

Y, con todo, sus ojos eran fijos y penetrantes. Se parecían a aquella casa inmóvil, sin la menor corriente de aire, como un búnker.

Era la hora de la comida, de modo que las dos mujeres sirvieron un enorme plato común de *shorba*. La gorda era la primera mujer, la más joven era la última. Iba vestida a la occidental, con un vestido azul, bastante feo. Tenía un solitario tan grande como una piedra en el anular y fumaba cigarrillos sin parar. Parecía más triste que la gordinflona del velo, quien tenía en cambio dos ojos astutos, que demostraban curiosidad por todo. Cuando pasaba por delante del marido se inclinaba levemente.

Angelina no preguntó nada de ellas, se limitó a observarlas.

Alí dijo que su segunda mujer era egipcia.

—No le gusta mucho quedarse en casa, preferiría viajar, pero yo estoy demasiado ocupado.

Angelina dijo que ella se había divorciado, pero que no tenía otros maridos a su alrededor. Alí sonrió. Hubo una larga pausa.

—¿Sigues leyendo poesías?

Alí no contestó de inmediato, asintió, dijo que seguía leyendo mucho, pero tan solo de política. Trabajaba para el Estado, era un servidor de Libia. Su vida estaba consagrada a ello.

Angelina observó el salón, el pavimento con ladrillos esmaltados con pincel, las largas ventanas que daban a una galería.

—Tengo como la impresión de haber estado ya aquí...

Ahora Alí se mostraba pensativo, cansado acaso de la visita. Sus ojos parecían dos insectos resecos bajo el cristal de las gafas.

Insistió en que probaran una cucharadita de una extraña miel.

Angelina le preguntó si era suya, de sus colmenas. Creía que se había convertido en productor de miel. Alí meneó la cabeza.

—Es miel amarga de Cirenaica.

Miró largamente a Vito.

—¿Te gusta?

A Vito no le gustaba.

El rostro de Alí se endureció, sonrió y uno de los últimos dientes era de oro.

—Los antepasados de nuestro *qa'id* murieron en los campos de concentración italianos de Cirenaica, ¿lo sabías?

Se levantó, dijo que tenía que irse.

Shukran, gracias.

Los acompañó a la puerta.

Tan solo más tarde, ya en la calle, mirando las rejas blancas y el patio, Angelina se acordó de que aquel palacio había estado habitado en otros tiempos por italianos. Que tal vez fuera la casa de Renata, su amiga judía de Padua.

Interrogó a Namek mientras el camarero les servía té a la menta, alejando el pico de la tetera de las tazas diminutas con un gesto amplio e infalible. El joven guía miraba a su alrededor como si alguien pudiera arrestarlo de un momento a otro. Tenía miedo de *una antena,* algún espía. La plaza estaba desierta, batida por una ligera brisa marina. Conocía bien a Alí, era un pez gordo de los Mukhabarat, los servicios secretos de Gadafi. Conocía su brigada, recorrían a toda velocidad las calles, aterrorizando a la gente. Sacaban a los disidentes de sus casas de madrugada. De vez en cuando, en la televisión enseñaban la lista de los traidores y fragmentos de interrogatorios para intimidar a la gente. Durante las pausas publicitarias golpeaban a los disidentes. Podías ver sus ojos cada vez más tristes, cada vez más lejanos. Debían confesar, revelar los nombres de los demás. Después los llevaban a la prisión de Abu Salim, o los enterraban vivos en trampillas excavadas en la arena fuera de la ciudad. Namek era bereber, tenía bastantes parientes que habían sido víctimas de la persecución. El *rais* odiaba a los bereberes, no les estaba permitido hablar en su idioma, ni escribir en su alfabeto. Muchos no volvían. Obligados a repetir *soy una rata asquerosa, viva Muamar, viva Muamar* mientras los torturaban hasta enloquecerlos, las estudiantes violadas por milicianos borrachos que llevaban en los bolsillos de sus uniformes reservas de Viagra y condones.

Angelina se levantó y desapareció durante un buen rato.

Cuando volvió, su cara parecía retorcida, como si hubiera chocado contra algo que le hubiera dejado una marca.

Vito pensó de nuevo en aquella notita que dejó en la cocina: *romper el muro emotivo.*

¿Qué había más allá de aquel muro?

Mar de mañana

Farid está acurrucado contra su madre en la barcaza. Ya no se queja, está deshidratado. Tiene las piernas llenas de hormigas, esas que cuando se encaramaban a sus brazos tanta gracia le hacían, y que ahora están dentro. Caminan. ¿Serán esas las patas de la historia?

Jamila siente el peso del hijo que se le va. Antes le decía duerme, ahora intenta mantenerlo despierto. Le cuenta una historia, la de un niño que se hará mayor. Es una mentira, como todas las historias.

Hace ya mucho que se les ha acabado el agua.

Los labios del niño son crestas rotas como la madera de la barca. Jamila contempla ese ojal oscuro, desierto. Se inclina, deja resbalar un poco de su saliva entre los labios de su hijo. El mar, a estas alturas, es una mina cerrada sobre sus cabezas, la casa del diablo. Los abismos han subido a la superficie. Se ha desesperado, y aterrorizado. Ahora tan solo aguarda su destino. La última cara de la historia. La escruta, la busca, la carne socavada por las salpicaduras de sal, en un lugar donde ya no hay horizonte. Solo hay mar. El mar de la salvación que ahora es un círculo de fuego mojado. Un corazón negro.

Ha reunido el dinero para aquel viaje, los ahorros de Omar, los euros y los dólares del abuelo Mussa, papel arrugado y sudado. Los ha entregado junto con los demás a cambio de esa barca que nadie conduce. Solo un ojo de plástico y bidones de gasóleo que ahora ya están casi todos vacíos. Nadie conoce el mar, serán pocos los que queden a flote. Son criaturas de arena.

El chico somalí delira, tiene una enfermedad en la piel, pústulas sanguinolentas que no deja de rascarse. Presa de la fiebre se agita, parece poseído por algún espíritu malvado. Se ha desnudado, y es feo ver a un chico desnudo que intenta encaramarse sobre otros cuerpos. Los demás están hartos de él, quieren arrojarlo por la borda. Gritan que los somalíes son todos unos piratas.

El somalí escupe en el mar, vocifera que su enfermedad es culpa del mar, del barro blanco que flota sobre las aguas de Mogadiscio, culpa de los bidones de escorias que dejan en los fondos marinos los barcos del mundo rico. Ahora agita los brazos como si tuviera un machete. Era su trabajo, derribar los árboles, enterrarlos y quemarlos en la arena para hacer carbón. Se ríe, dice que todo morirá, que los animales ya no tienen árboles ni pastizales. Por culpa del carbón. Nadie piensa en el futuro, todos piensan en sobrevivir hoy. Y no importa si matas a tu país. Los pobres no pueden pensar en el futuro. Se ríe, dice que

tienen tanta prisa por vender el carbón de sus árboles que lo meten en sacos cuando todavía no se
ha apagado por dentro, y ciertas veces los barcos
son pasto de las llamas. Aúlla, se rasca, se revuelca como carbón ardiente. Levanta la pistola de se-
ñales, dispara la última bengala. Esta vez asciende
por el cielo, increíblemente alta, una trayectoria
perfecta, un arco de gotas luminosas.

Todos miran esos fuegos artificiales. Todos dan las gracias por aquella manifestación di-
vina. Todos se despiertan de su agonía. Ensalzan
al somalí incendiario. Alguien los verá. Un barco de militares vestidos de blanco vendrá a sal-
varlos, les tenderán manos enguantadas, platos
con manjares, cremas milagrosas para el herpes.

Se quedan mirando el mar en la oscuridad como calamares en torno a una luz.

Farid está cada vez más liviano. Parece un
niño de bambú, de madera hueca. Sus piernas
son dos cañas que oscilan, rematadas por sus pies
sucios. Jamila le ha quitado las sandalias, le ha
dicho *mueve los dedos*. Es uno de los últimos ges-
tos que ha hecho el niño, ha intentado mover
esos piececitos, mantener con vida esos dedos.
Ahora su aliento huele a carbón, es un estertor
ronco que proviene del fondo. Y parece exhalado
de un cuerpo mucho más grande y más viejo.
Tal vez el niño haya crecido durante el viaje.

Jamila le acaricia la frente y el pelo, resecos por el mar, lo abraza. Farid tiene los ojos en-

treabiertos. Jamila mira esas hendiduras blancas que se mueven por dentro y la buscan. Ahora se siente tranquilo, como cuando está a punto de quedarse dormido y hace el último esfuerzo del día mientras los párpados se le cierran.

Siempre ha sido un niño tranquilo. Un hombrecito.

Jamila se acuerda de cuando le pedía permiso para hacer pis en el jardín, pues ya era demasiado tarde para llegar hasta el baño. Abría las piernas y se cogía su cosita, ella le decía que se fuera un poco más allá, pero él tenía miedo de la oscuridad, de salir del círculo iluminado de la lámpara.

También Omar, de vez en cuando, orinaba en el jardín. Jamila se lo reprochaba, debido al calor la fetidez entraría en la casa. Omar se reía con sus dientes blancos que horadaban la oscuridad. Salpicaban juntos, el padre y el hijo, el grande y el pequeño. Con ese gesto de hombres que los unía. A veces entrecruzaban sus chorros, otras veces confrontaban los dos charquitos en la arena.

Jamila no sabe por qué está pensando en esa estupidez.

Con la de recuerdos más importantes que tendrá. En cambio, piensa en esos dos chorritos de orina en su jardín, en ella que grita *¡alejaos de aquí! ¡Más lejos! ¡Mis flores acabarán por oler mal y por secarse!*

Jamila es un insecto que se apaga. Su corazón es una linterna que resiste. ¿Durante cuánto tiempo aún? Para iluminar la noche de Farid.

Un día le ató al cuello un pequeño saquito de piel, tan suave como terciopelo, nos espantará los fantasmas, nos insuflará todos los sueños mejores.

Cuando ha visto el mar, le ha parecido grande y húmedo, pero nada más. Una tierra fácil, sin armas. Una bendición. No sabía que no tenía final, que gritaba por todas partes. Hace días y noches que su cara negra y muda sube y baja con las olas. Sus manos se han arrugado como raíces al descubierto. Abraza a su hijo, al pequeño dátil.

Farid, en casa, jugaba con las piezas de las antenas, los cables que le sobraban a su padre.

Jamila lo mandará al colegio en Italia. Tiene amigos en el norte, intentará ir hasta allí. También ellos llegaron cruzando el mar, aunque con una barca más pequeña y más rápida. Ahora están bien, tienen una lavandería en la zona de los peluqueros chinos. Al inicio fue terrible, dormían en el parque, huyendo continuamente. Ellos recibirán un trato mejor. No son simples clandestinos, son prófugos, huyen de una guerra. Obtendrán un permiso de residencia temporal. Pedirán asilo. Ella podrá buscarse un trabajo, aprender italiano en los cursos vespertinos. Algún día, tal vez vuelva a su casa. Se sentará y repasará su vida. Farid ya será un muchacho ese día, de trasero prominente y hombros estrechos como su padre. La misma sonrisa de melocotonero. Se le dará bien la electricidad, como a él. Sus mismos dedos, largos como destornilladores.

La gacela está en el mar. No se sabe cómo, pero allí está. Quieta sobre las cuchillas azules de las olas, regiamente apoyada como si estuviera sobre una duna. Se vuelve para mirar a Farid, sus cuernos relucientes y anillados permanecen inmóviles.

Es un pequeño animal valeroso y altivo, tiene piernas finas, músculos ágiles y una franja negra sobre el dorso que vibra cuando se aproxima el peligro. Es el más maravilloso ornamento del desierto. Tiene un oído que horada el silencio, ojos mágicos, córneas transparentes y esas famosas pupilas brillantes que ven las águilas en el cielo, los licaones ocultos en los matorrales. Durante la sequía estival, cuando todos los animales abandonan las regiones desérticas y las estepas quemadas, la gacela sigue fiel a sus lugares, y a menudo su carne alimenta a los grandes carnívoros que, de lo contrario, morirían. Corre de una forma muy graciosa, casi sin rozar la arena. Deja una estela de huellas pequeñas y redondas, como monedas. Es muy rápida, debe serlo para sobrevivir. De vez en cuando, se detiene para mirar atrás, igual que los niños, y esa curiosidad puede resultarle letal. Adentellada en la garganta, la gacela ya no lucha, deja que la arrastren y la maten. Los poetas árabes la han cantado, han situado su mirada inocente en la cima de la belleza del mundo.

Mientras muere, Farid está pensando en la gacela, en sus ojos que tanto se acercaban a los suyos, en su boca de dientes planos que comía de su mano en el jardín de los pistachos.

Mientras Farid muere, Jamila sigue abrazándolo, sigue cantando. No quiere que los demás se den cuenta, ahora ya son malos. Ha visto los cuerpos arrojados al mar. Ha superado la vida y todavía está allí. Sabe que a fin de cuentas ha sido mejor así, que su corazón haya resistido. El único miedo que tenía ya era ese, el de morir antes que el niño, soltarlo de sus brazos. Hacer que sintiera la gran soledad del mar. Su corazón negro.

Una vez vio en el desierto a un pequeño fénec con la madre muerta a su lado, solo, rodeado por el reclamo de los depredadores nocturnos que se acercaban apacibles con sus cuerpos rastreros.

Mira el amuleto colgado del cuello del hijo, que ya no se mueve en su garganta, alargada como la de los animales muertos.

Nadie arribará con esa barca. Es la última gota de gasóleo y están fuera de ruta. Un barco pasará a lo lejos sin detenerse. Manos que bracean en la superficie. Pulmones que estallan sin ruido. Cuerpos que caen hacia el fondo, oscilando como monos sobre perdidas lianas. Criaturas de arena hinchadas de mar, hechas jirones por el hambre de los peces.

El restaurante a orillas del mar está vacío. Solo un brigadier que se toma un único plato de pasta *'ncasciata** bajo el emparrado, leyendo un periódico.

El propietario del restaurante ha salido a la playa, con el delantal blanco, la camiseta con el nombre. Mira el mar con las manos en la cintura.

Vito camina por la playa.

Ve el cuerpo de una medusa junto a un celofán negro de chapapote.

El mar, este año, es un muro de medusas.

Pero no es por eso por lo que los turistas no vendrán.

Vito camina por la playa.

Ya ha visto esas barcazas repletas y hediondas como tarros de caballa. Los chicos del norte de África, los prófugos de las guerras, de los campos de refugiados, y los que se han colado. Ha visto los ojos ofuscados, el tránsito de los

---

* Variedad de pasta siciliana servida en cazuela con una salsa de tomate, carne, huevos y berenjenas. *(N. del T.)*

niños supervivientes, las crisis de hipotermia. Las mantas de plata. Ha visto el miedo al mar y el miedo a la tierra.

Ha visto la fuerza de esos desesperados, *yo quiero trabajar, quiero trabajar. Quiero irme a Francia, a Europa del Norte a trabajar.*

Ha visto la determinación y la pureza. La belleza de los ojos, el candor de los dientes.

Ha visto la degradación, la pocilga.

Las espaldas de los chicos contra un muro, los soldados que les quitaban los cordones de los zapatos y los cinturones.

Ha visto la disputa de las ayudas, la ropa reunida para los niños, las colectas de los pobres, cabreados de verdad, porque Jesucristo siempre se las pide a ellos.

Ha visto la saturación, el miedo a las epidemias. A la gente protestar, bloquear los muelles, los desembarcos. Y luego volver a empezar, tirarse al mar en plena noche para sacar del agua a esos desesperados que ni siquiera saben nadar.

Y no sabes realmente a quién salvas, acaso a carne de presidio. A alguien que te robará el móvil, que conducirá en dirección prohibida borracho, que violará a una muchacha, a una enfermera que vuelve a casa del trabajo por la noche.

Ha oído muchos razonamientos así Vito, sin pies ni cabeza, zafios. La rabia de los pobres contra otros pobres.

Salvar a tu asesino, tal vez sea eso la caridad. Pero aquí nadie es un santo. Y el mundo no debería tener necesidad de mártires, solo de un reparto más justo.

Angelina está en la ventana. Espera a su hijo, que aún no ha vuelto. No importa. Sabe que algún día ya no volverá. Que así es la vida.

Tal vez no haya sido una buena madre. Ha sido una lagartija con la cola cortada. Vito ha sido su cola nueva.

Pero ¿cómo es posible seguir esperando?

El televisor está apagado. Es un televisor viejo, que funciona mal, sufre con el viento, con la lluvia. Deberían cambiar de televisor, cambiar la antena. Pero total, esa es una casa de playa.

Angelina está esperando a que la guerra acabe. A que el actor de los mil rostros sea capturado y procesado. Ha visto los bombardeos de la OTAN. El consabido *no atacaremos objetivos civiles*. Han destruido incluso la fábrica que abastecía de bombonas de oxígeno al hospital.

Ha visto los embustes, la plaza Verde llena de rebeldes, falsa, reconstruida por las televisiones como un plató.

Ha visto a guerrilleros con pañuelos en la cabeza, a niños con metralletas. Ha extendido un brazo hacia el televisor como para detenerlos.

Su ciudad destruida, los muros acribillados, los agujeros de las explosiones. Las palmeras canosas de escombros.

Santa, su madre, ha dicho *nos están disparando*.

Nosotros somos tripolinos, no estamos ni aquí ni allí, estamos detenidos en el mar como esos chicos sin meta.

Han visto a los rebeldes, gente corriente. Muchachas sin velo que hablan por la radio, jóvenes universitarios con metralletas y sandalias playeras.

Han visto la vieja bandera sanusí.

Han visto a los niños mercenarios, pequeños partidarios del régimen enrolados por cuatro cuartos, ejecutados de rodillas, con un disparo en la nuca como animales de la sabana.

Han visto a la periodista del telediario con el velo y la pistola.

Han visto a los artificieros con las manos desnudas y en pantalones cortos, sudados como campesinos.

¿Adónde irán a parar todas estas armas después?

Se ha despertado por la noche con esa idea.

Pasarán a otra guerra. El gas nervioso y el gas mostaza. El arsenal del *rais,* las cajas de madera repletas de metralletas, de minas, de cohetes, y encima ese letrero surrealista: *para el Ministerio de Agricultura.*

Campos sembrados de minas. Esa es la cosecha.

Cada noche una nueva barcaza, estiércol humano, exiliados por el hambre, por la guerra.

Es un día de finales de verano, de alcaparras florecidas y embrujo. Tres días de borrasca y después la tregua. La playa es un vertedero de maderos, de restos de barcas que jamás llegaron. Un museo de guerra sobre la arena de gravilla. Vito rebusca, recoge algunos trozos.

Va y viene por la playa, arrastra tablones retorcidos, fragmentos de alfombras.

Se para a recoger un pequeño saquito de cuero, parece uno de esos en los que se guardan las joyas. A Vito le cuesta abrirlo, el cordoncillo está atado con varias vueltas. Mete un dedo, no hay nada, una especie de lana mojada y algunos abalorios. Lo mete en la mochila junto con lo demás.

En la isla hay un cementerio para gente desconocida. Un hombre bueno ha recogido los cuerpos que el mar devuelve, se ha restregado hojas de menta por debajo de la nariz para no notar el olor. Ha colocado cruces que alguien ha quitado, pero no importa, el Dios de los pobres es uno solo. Y cada día se ahoga con ellos. Luego hace crecer el ajo silvestre y las amapolas de las playas entre los túmulos. Vito ha caminado por en medio. Es un lugar desnudo, batido por el viento y sin dolor. El mar lo limpia todo. Ninguna madre acude allí a llorar, no hay flores. Solo pequeños pensamientos de extraños, turistas que se acercan y dejan una nota, un juguete. Vito se ha sentado, se ha imaginado el campo de huesos que hay por debajo como el esqueleto de una barca volcada.

Se ha puesto a pensar en las tortugas. Acuden a la playa a depositar sus huevos. La isla es un refugio para el desove marino. Dentro de poco los huevos se abrirán. Vito ha visto ese espectáculo. Las pequeñas tortugas que persiguen la marea, corriendo hacia el mar para salvarse de la muerte.

En casa, más tarde, clava los restos en un bastidor. La página de un diario escrito en árabe, la manga de una camisa, el brazo de una muñeca.

Es una tarea sin significado tangible. Dictado por esa desesperación sin crédito que lo aflige.

Trascurrirán así sus últimos días de vacaciones. En el garaje.

Debe decidirse sobre qué hacer con su vida, si derrocharla o hacerla fructificar de alguna forma.

Su madre le ha dicho *debes encontrar un lugar dentro de ti, a tu alrededor. Un lugar que te corresponda, en parte por lo menos.*

Vito no la soporta cuando se comporta así. Cuando mira el mar y no habla, hundiendo los puños en los bolsillos de la rebeca.

Él, sencillamente, no está en condiciones de tomar ninguna decisión, lo ha estado pensando pero ha acabado por sacudir la cabeza. Tal vez no deje de ser un bobo. Tal vez le falte inteligencia. En todo caso, es lento, necesita tiempo.

Vito arrastra, pega. Trozos de esas fugas interrumpidas.

No sabe por qué lo hace. Busca un lugar. Quiere detener algo. Vidas que nunca llegaron a su destino.

Piensa en los ojos de su madre, posados sobre el mar, que continúan persiguiendo el hilo perdido del ovillo que lleva envuelto alrededor de la garganta. Desde que volvieron de Trípoli su obsesión es la alegría. Se ha puesto a cocinar, tarta de higos, pasta al horno, a colocar matojos de retama en los jarrones. Quiere dejarle recuerdos. La sensación de una casa a sus espaldas, a la que volver a ciegas, solo para respirar.

Angelina entra, le pregunta por qué no ha ido a comer. Mira el inmenso panel de restos marinos, maderos claveteados, pantalones vaqueros pegados.

Mira aquella explosión detenida.

—¿Es que ahora te vas a dedicar al arte?

Vito se encoge de hombros, tiene las manos negras, cola en el pelo. Se apoya contra la pared, cerca de las cajas de botellas viejas, se restriega los ojos con las muñecas, da una patada al polvo.

No deja que su madre se acerque, la mantiene a distancia en la sombra. Habla para sí mismo.

—He parado un naufragio.

Vito ha recopilado la memoria. De un bidón azul, de un zapato.

Alguien tendrá necesidad de esto algún día. Algún día, a un negro italiano le entrarán ganas de mirar hacia atrás el mar de sus antepasados y de encontrar algo. El rastro del tránsito. Como un puente suspendido.

Angelina no puede volverse a mirar a su hijo, le da mucha vergüenza. Sería como espiarlo mientras hace el amor.

Se acerca al enorme panel azul.

Toca aquellas pobres cosas costrosas, reliquias marinas. Lavadas por la sal. Aquel naufragio esculpido en su caseta de las herramientas. Le causa impresión, es como un yacimiento arqueológico intacto. Un mundo salvado.

Angelina mira el mar de su hijo. Todo lo que ha seleccionado de la playa, de la historia. Un espacio interior en la resaca del mundo.

Mira el saquito de cuero clavado en el centro.

Sabe que es un amuleto. Que las madres del Sáhara los preparan por las noches, mientras las estrellas las velan, para colgarlos del cuello de los niños y espantar así los ojos malvados de la muerte.

Acerca la cabeza, restriega la nariz como un animal. Siente el ruido del mar, tan parecido al de la sangre.

Después ocurrió.

¿Qué mes era? Octubre, siempre octubre. El mes de la expulsión. El mes de su cumpleaños. Y Angelina creía de verdad que no iba a llegar viva a ese cumpleaños. Una de esas ideas que te entran dentro y se te aferran a las piernas. Había hecho una especie de testamento, poniendo sus cosas en orden. La cuenta del banco, las facturas pagadas bien a la vista.

Vito se había marchado. Tal vez fuera por eso. El sentimiento de la muerte. *Le he criado, ahora ya puedo irme.* Lo siento por mis errores. Tantos, y sin embargo pocos si los pones en fila por la noche, mientras vacías un cajón e intentas ordenar la desgracia. Las fotografías de África y lo demás, viejos billetes de autobús, un sobre con análisis, la caligrafía de determinado señor que durante determinado periodo creyó amarte.

Había escrito también una larga carta a Vito. *Amor mío,* comenzaba así. *Hijo mío,* comenzaba así. Una de esas cartas nocturnas que no van a ninguna parte, que escarban junto con los barrenderos que pasan por debajo de casa. Van demasiado lejos. Donde no es justo que vayan.

Una madre debe quedarse un paso atrás.

Estuvo fumando cigarrillos hasta envenenarse aquella noche. Por la mañana, tiró lo que quedaba del paquete y la carta. Con cierta violencia.

Se puso a limpiar el frigorífico. Había liquidado todo lo que le pareció indigno. Viejas notas, una colección de preservativos caducados que todavía conservaba como emblema del amor sexual, de su posibilidad. Absurdo. Como tantas cosas absurdas. Los pensamientos sobre todo. Como la escoba que arañaba en la terraza.

Había puesto flores de larga duración en los jarrones. La casa limpia. Para él, por si volvía. Se tumbó sobre la cama con los pies descalzos. Para ver qué aspecto tendría su cadáver. Y estuvo largo rato esperando.

Pensaba solo en Vito. En él junto a ella.

Se asomó a la ventana.

Su cumpleaños había llegado. Estaba viva. Como es natural, no había sido más que la ansiedad.

Vito la llamó desde Londres. Se oía el alboroto del bar italiano donde trabajaba.

—Feliz cumpleaños, mamá.

Luego había vuelto a llamar al cabo de media hora.

—¿Te has enterado, mamá? Lo han matado.

Angelina había oído los disparos. Una metralleta entera disparada.

—¿A quién? ¿A quién dices que han matado?

Pensaba en Vito en Londres. En los atentados. En el metro, en la plaza atestada ante la Tate Gallery donde él pasaba los domingos.

—Gadafi, han matado a Gadafi.

—Ah.

Cayó sobre una alfombra de pétalos, ligera, inmortal.

Era aquel el crimen de octubre.

No corrió a ver en Internet el flagelo, la fuga en el agujero de cemento de la rata ensangrentada. Ya conoce esos finales de los dictadores. Cuando la carne se convierte en neumático que ha de arrastrarse. La insensatez de la rabia póstuma. Nada de alegría, solo un macabro trofeo que ensucia a los vivos.

La memoria es cal sobre las aceras de la sangre.

Somos libres. ¡Viva, viva!

Índice

Sobre la autora

Margaret Mazzantini nació en Dublín y vive en Roma. Entre sus novelas destacan *Il catino di zinco* (1994), finalista del Premio Campiello y galardonada con Premio Rapallo-Carige a la mejor Ópera Prima; *Manola* (1999); *No te muevas* (2001), ganadora del Premio Strega, el Premio Rapallo-Carige, el Premio Grinzane Cavour, el Premio Città di Bari y el Premio Zepter en París, y adaptada al cine en 2004 por su marido Sergio Castellitto con Penélope Cruz en el papel principal; *La palabra más hermosa* (2008), Premio Campiello 2009, también adaptada al cine por Sergio Castellitto y de nuevo con Penélope Cruz como protagonista, *Nadie se salva solo* (Alfaguara, 2011) y *Mar de mañana,* ganadora de los Premios Pavese y Matteotti.

Este libro terminó de imprimirse en Abril del 2013
en Editorial Penagos, S.A. de C.V., Lago Wetter
núm. 152, Col. Pensil, C.P. 11490, México, D.F.

Alfaguara es un sello editorial del Grupo Santillana

www.alfaguara.com

Argentina
www.alfaguara.com/ar
Av. Leandro N. Alem, 720
C 1001 AAP Buenos Aires
Tel. (54 11) 41 19 50 00
Fax (54 11) 41 19 50 21

Bolivia
www.alfaguara.com/bo
Calacoto, calle 13 nº 8078
La Paz
Tel. (591 2) 279 22 78
Fax (591 2) 277 10 56

Chile
www.alfaguara.com/cl
Dr. Aníbal Ariztía, 1444
Providencia
Santiago de Chile
Tel. (56 2) 384 30 00
Fax (56 2) 384 30 60

Colombia
www.alfaguara.com/co
Carrera 11A, nº 98-50, oficina 501
Bogotá DC
Tel. (571) 705 77 77

Costa Rica
www.alfaguara.com/cas
La Uruca
Del Edificio de Aviación Civil 200 metros
Oeste
San José de Costa Rica
Tel. (506) 22 20 42 42 y 25 20 05 05
Fax (506) 22 20 13 20

Ecuador
www.alfaguara.com/ec
Avda. Eloy Alfaro, N 33-347 y Avda. 6 de
Diciembre
Quito
Tel. (593 2) 244 66 56
Fax (593 2) 244 87 91

El Salvador
www.alfaguara.com/can
Siemens, 51
Zona Industrial Santa Elena
Antiguo Cuscatlán - La Libertad
Tel. (503) 2 505 89 y 2 289 89 20
Fax (503) 2 278 60 66

España
www.alfaguara.com/es
Avenida de los Artesanos, 6
28760 Tres Cantos, Madrid
Tel. (34 91) 744 90 60
Fax (34 91) 744 92 24

Estados Unidos
www.alfaguara.com/us
2023 N.W. 84th Avenue
Miami, FL 33122
Tel. (1 305) 591 95 22 y 591 22 32
Fax (1 305) 591 91 45

Guatemala
www.alfaguara.com/can
26 avenida 2-20
Zona nº 14
Guatemala CA
Tel. (502) 24 29 43 00
Fax (502) 24 29 43 03

Honduras
www.alfaguara.com/can
Colonia Tepeyac Contigua a Banco Cuscatlán
Frente Iglesia Adventista del Séptimo Día,
Casa 1626
Boulevard Juan Pablo Segundo
Tegucigalpa, M. D. C.
Tel. (504) 239 98 84

México
www.alfaguara.com/mx
Avda. Río Mixcoac, 274
Colonia Acacias, C.P. 03240
Benito Juárez, México D.F.
Tel. (52 5) 554 20 75 30
Fax (52 5) 556 01 10 67

Panamá
www.alfaguara.com/cas
Vía Transísmica, Urb. Industrial Orillac,
Calle segunda, local 9
Ciudad de Panamá
Tel. (507) 261 29 95

Paraguay
www.alfaguara.com/py
Avda. Venezuela, 276,
entre Mariscal López y España
Asunción
Tel./fax (595 21) 213 294 y 214 983

Perú
www.alfaguara.com/pe
Avda. Primavera 2160
Santiago de Surco
Lima 33
Tel. (51 1) 313 40 00
Fax (51 1) 313 40 01

Puerto Rico
www.alfaguara.com/mx
Avda. Roosevelt, 1506
Guaynabo 00968
Tel. (1 787) 781 98 00
Fax (1 787) 783 12 62

República Dominicana
www.alfaguara.com/do
Juan Sánchez Ramírez, 9
Gazcue
Santo Domingo R.D.
Tel. (1809) 682 13 82
Fax (1809) 689 10 22

Uruguay
www.alfaguara.com/uy
Juan Manuel Blanes 1132
11200 Montevideo
Tel. (598 2) 410 73 42
Fax (598 2) 410 86 83

Venezuela
www.alfaguara.com/ve
Avda. Rómulo Gallegos
Edificio Zulia, 1º
Boleita Norte
Caracas
Tel. (58 212) 235 30 33
Fax (58 212) 239 10 51